Christian Macharski

Das Schweigen der Kühe

DORFKRIMI

Umschlaggestaltung: kursiv, Oliver Forsbach
Fotos: Marcus Müller
Lektorat: Kristina Raub
Satz & Layout: media190, Wilfried Venedey
Druck: Sieben GmbH, Korschenbroich
Bindearbeiten: Jungbluth Druckweiterverarbeitung

ISBN 978-3-9807844-4-3

Die Personen und Handlungen der Geschichte sind frei erfunden. Ähnlichkeiten mit lebenden und verstorbenen Personen sind zufällig und nicht beabsichtigt. Die Protagonisten des Romans basieren auf Bühnenfiguren des Comedy-Duos Rurtal Trio.

Für Hildegard

Prolog

Fröhlich pfeifend tänzelte sie die steile Stiege hinab in den kleinen Gewölbekeller, der durch das fahle Licht einer 25-Watt-Birne nur schwach erhellt wurde. Der modrige Geruch, den die gegen das Erdreich gemauerten Natursteine abgaben, vermischte sich mit dem Duft ihres blumigen Parfüms, das sie zur Feier des Tages aufgelegt hatte. Obwohl der Sommer langsam Einzug hielt, fröstelte es sie, als sie den engen Raum mit der bogenförmig gemauerten Decke betrat, an dessen Ende die Kartoffelkiste stand. Dort angekommen, stellte sie den Korb ab und kniete sich vorsichtig auf einen Jutesack. Die Kellnerschürze, die sie trug, breitete sie vor sich auf dem Boden aus. Mit leichter Kraftanstrengung schob sie die hölzerne Trennscheibe nach oben und die staubigen Kartoffeln rumpelten ungeduldig in das aus unbehandeltem Eichenholz gefertigte Auffangfach. Als es voll war, begann sie, die Kartoffeln, die von recht unterschiedlicher Größe und Qualität waren, in den Korb zu legen. Sie freute sich. Mit so viel Andrang hatten sie gar nicht gerechnet und jetzt wurden die Vorräte in der Küche knapp. Ein Kellner war sogar schon losgeschickt worden, neues Fassbier zu holen.

Ein Quietschen riss sie aus ihren Gedanken. Es waren wohl die Scharniere der schweren Eisentür, die in den Keller führte. Für einen kurzen Augenblick wehten die fernen Klänge des von der Kapelle gespielten Königswalzers hinab in den feuchten Keller. Ein Lichtstrahl huschte durch den Raum. Die Tür quietschte noch einmal kurz, dann herrschten wieder Stille und dämmrige Dunkelheit. Ein Schlüssel drehte sich knirschend im Schloss. Sie hielt den Atem an und lauschte. Nichts. Endlose Sekunden später begann sie langsam wieder, den Korb mit Kartoffeln zu füllen. Plötzlich ein neues Geräusch. Schwere Schritte stapften ohne Hast die knarrende Holztreppe hinab. Ihr Kopf fuhr herum und ein kalter Schauer legte sich über ihren Rücken. Ihr Herz jagte, als sie sich zögernd erhob und sich zum Treppenabsatz umdrehte. Ihre zusammengekniffenen Augen konnten im trüben Gegenlicht kaum etwas sehen. Mit einem Mal trat eine riesige Gestalt in den kargen Raum. Die hünenhafte Erscheinung hob sich silhouettenhaft von der Steinwand ab. Doch so sehr sie sich mühte, sie konnte kein Gesicht erkennen.

„Wer sind Sie? Was wollen Sie?“, fragte sie ängstlich und erst jetzt spürte sie, dass sie am ganzen Körper zitterte.

„Guten Tag, schöne Frau“, brummte eine ihr sehr vertraute, männliche Stimme. Für einen kurzen Moment entspannten sich ihre Muskeln. Doch im nächsten Augenblick nahm der Tonfall einen frostigen und ungnädigen Klang an und ließ sie erschaudern.

„So alleine im Keller?“

Als sie unsicher antworten wollte, packte der Mann sie grob an beiden Armen und riss sie ruckartig an sich. Noch bevor sie schreien konnte, presste sich eine raue, massige Pranke wie ein Schraubstock auf ihren Mund. Über ihre vor Schreck aufgerissenen Augen legte sich ein dunkler Schatten.

1

Montag, 5. Mai, 17.05 Uhr

Es machte ein kurzes, schmatzendes Geräusch: „Swosch“. Dann war alles vorbei. Doktor Mauritz zog sich den Gummihandschuh, der ihm bis zur Schulter reichte, langsam aus. Er runzelte die Stirn. Seine Miene drückte eine gewisse Besorgnis aus.

Wilhelm Hastenrath stand ungeduldig mit verschränkten Armen vor ihm: „Und Doktor? Was ist es?“

Doktor Mauritz rollte den verschmierten Handschuh sorgfältig zusammen und warf ihn in eine Tüte, die er bereitgestellt hatte. „Ich befürchte, wir haben es hier mit einer akuten Mastitis zu tun.“

Auch Wilhelm Hastenrath legte nun die Stirn in Falten. „Ich habe es befürchtet. Ich hatte auch mal Probleme mit so was. Da muss ich auf dem Pfarrfest wohl eine Wurst gegessen haben, die nicht mehr gut war. Jedenfalls hatte ich Magenkrämpfe, das können Sie sich gar nicht vorstellen.“

Doktor Mauritz war nur kurz irritiert. Dann lächelte er. „Mastitis, Herr Hastenrath. Nicht Gastritis. Eine Mastitis ist eine Euterentzündung. Ich habe jetzt alle Kühe untersucht. Und bei den zweien hier vorne müssen wir wohl von einer schweren

Euterentzündung ausgehen. Daher auch die geröteten Stellen und die Schwellungen."

„Und deshalb auch immer das Gebrüll die ganze Nacht?"

„Ich denke ja, Herr Hastenrath. Normalerweise brüllen Kühe zwar nur, wenn sie hungrig sind oder „stierig", wie Sie zu sagen pflegen, aber in diesem Fall scheint mir die Entzündung doch sehr schmerzhaft zu sein. Ich werde gleich mal etwas Penicillin in die Euter spritzen und Ihnen eine antibiotische Salbe verschreiben, die Sie bitte dreimal täglich großflächig auftragen." Der fragende Blick des Landwirts veranlasste den Veterinär, noch einen Satz anzufügen: „Also nicht Sie ... sondern die Kuh ... Also, ich meine, Sie ... bei der Kuh."

Hastenraths Will, wie er eigentlich von allen genannt wurde, nickte verständig. Der stattliche Endfünfziger mit der sonnengegerbten Haut und dem etwas aus der Mode gekommenen Brillenmodell war ein erfolgreicher Landwirt. Wenngleich manchmal etwas großmäulig und unbeherrscht, war er insgesamt ein herzensguter Mensch, der mit einer gewissen Bauernschläue gesegnet war. Anders wäre es auch gar nicht möglich, in derart schweren Zeiten einen Hof wie den seinen einigermaßen profitabel zu bewirtschaften. Bereits in vierter Generation unterhielt Will ein sehr großes Gehöft mit vielen ungenehmigten Stallungen, Schuppen und Lagern. Als einer der letzten Landwirte in der Region betrieb er noch Viehwirtschaft. Er nannte 20 Milchkühe, 30 Schweine und knapp 100 Hühner sein Eigen. Außerdem beackerte er etwa 25 Hektar, also gut 100 Morgen, geerbten Lands, zumeist mit Zuckerrüben und Kartoffeln. Dr. Mauritz begann seine Utensilien zusammenzuräumen, die verstreut auf dem Boden lagen. Will zog seinen abgewetzten Bundeswehrparka aus, legte ihn über den Rücken einer Kuh und beugte sich ächzend hinunter zum Tierarzt, um ihm beim Packen zu helfen.

„Wissen Sie, Herr Doktor. Die Adelheid ist meine beste Milchkuh. Es ist ja alles gar nicht mehr so leicht heutzutage. Ich sag immer: Das Leben ist wie eine Hühnerleiter – kurz und beschissen. Die ganzen Verbrecher bei der EU ...“

Dr. Mauritz schnitt ihm das Wort ab, da er ahnte, welche Richtung das Gespräch einschlagen würde: „Herr Hastenrath, ich sehe gerade, ich habe von der Salbe noch eine Probepackung. Die kann ich Ihnen dalassen. Dann brauchen Sie keine zu kaufen.“

Will strahlte. Als er sich, gemeinsam mit Dr. Mauritz, wieder erhob, quietschten seine grünen Gummistiefel. Gut gelaunt spannte er mit den Daumen seine ausgefransten, grauen Hosenträger, die notdürftig seine übergroße, abgetragene graue Stoffhose hielten, und ließ sie dann ausgelassen gegen sein grün-weiß kariertes Hemd zurückschnellen. Eine Modekombination übrigens, auf die er seit Jahren schwor.

„Das ist aber nett, Herr Doktor. Wenn ich Sie auch mal ein Gefallen tun kann, sagen Sie Bescheid. Dann nehme ich mir die Zeit.“

„Gerne.“ Der Doktor nickte gütig und sah demonstrativ auf seine Uhr. „Apropos Zeit. Ich muss weiter. Ich habe heute noch eine Trichinenschau in Tripsrath.“

Will nahm den Parka von der Kuh und zog ihn sich umständlich wieder an. Während er seine grüne Schirmmütze zurechtrückte, sagte er mit einer Stimme, die keinen Widerspruch duldete: „Aber ein Kaffee trinken Sie noch mit, oder?“ Ohne eine Antwort abzuwarten, brüllte Will quer durch den Stall: „Marlene!“

Dr. Mauritz versuchte gar nicht erst, die rhetorische Frage zu verneinen: „Sehr gerne, Herr Hastenrath. Ich geh mir nur noch eben die Hände waschen.“

Während der Mediziner sich im Nebenraum die Hände schrubbte, musste er lächeln über Will, den komischen Kauz, der nahezu perfekt in dieses Dorf passte. Nicht ohne Grund war der Landwirt auch der Ortsvorsteher des kleinen Dorfes Saffelen, das weit hinten in der rheinischen Provinz lag. Die 800-Seelen-Gemeinde war Teil der täglichen Route von Doktor Mauritz, dessen Praxis sich in der gut 25 Kilometer entfernten Kreisstadt befand. Doktor Mauritz liebte seinen Beruf als Landtierarzt und er mochte auch diesen ganz eigenen Menschenschlag, mit dem er es hier tagtäglich zu tun hatte.

Erneut schallte Wills Stimme scheppernd durch den gekachelten Waschraum: „Jetzt kommen Sie schon, Herr Doktor. Marlene ist gerade einen leckeren Filterkaffee am machen.“

Doktor Mauritz mochte auch diese eigenwillige Grammatik, wenngleich er es sich nicht zutraute, sie jemals fehlerfrei zu beherrschen.

2

Montag, 5. Mai, 17.10 Uhr

„Riiiita. Riiiiita." Borowkas verärgerte Stimme jagte durch die gut geschnittene 65-Quadratmeter-Wohnung. „Wo sind meine Stutzen?" Richard Borowka war in Eile. Er musste dringend zum Training. Mit seinem Fußballverein SV Grün-Gelb Saffelen II befand er sich kurz vor Saisonende im tobenden Abstiegskampf und da konnte er sich keinen Trainingsrückstand erlauben. Wobei das mit dem Abstiegskampf nicht ganz richtig war, denn der SV Saffelen spielte in der Kreisliga C, aus der man ohnehin nicht mehr absteigen konnte. Richard Borowka war mit seinen 34 Jahren der Star der Saffelener Reserve. Die C-Jugendlichen des Vereins schauten zu ihm auf. Borowka galt als einer der kompromisslosesten Vorstopper im Umkreis von 50 Kilometern. Er hatte in seiner Karriere weit mehr Kreuzbandrisse verursacht als Tore geschossen. Und nun stand diese lebende Fußball-Legende, der Mann, der allen seinen Mitspielern ein Vorbild an Einsatz und Härte war, der Mann, der das versteckte Foulspiel perfektioniert hatte, stand vor seinem Kleiderschrank und fand seine Stutzen nicht. Nicht, dass ihm das Tragen von Stutzen beim Training wichtig gewesen wäre. Schienbeinschoner waren in seinen Augen ohnehin nur etwas für Mädchen. Das Problem war, dass jeder, der seine Stutzen vergaß, fünf Euro in die Mannschaftskasse zahlen musste. Und Borowka war mal wieder sehr pleite.

„Riiita!" Wütend riss er die Tür zum Wohnzimmer auf. Rita saß auf der abgewetzten Zweier-Couch und lackierte sich hochkonzentriert ihre langen, angeklebten Fingernägel. Zwischendurch kontrollierte sie immer wieder aus dem Augenwinkel, ob die Asche der Zigarette, die zwischen ihren Lippen hing, nicht auf ihre rosa Leggins fiel. Sie hatte Richard nicht rufen hören, da der Fernseher viel zu laut eingestellt war. Frauke Ludowig moderierte gerade einige Paparazzi-Urlaubsbilder von Cora Schumacher an.

„Rita, wo sind meine blöden Stutzen?"

Rita sah irritiert auf. Borowka hatte sich vor ihr aufgebaut. Er trug eine verwaschene, graue Trainingshose und ein T-Shirt mit der Aufschrift „Ich kann auch ohne Spaß Alkohol haben". Sein blondes Haar trug er sorgfältig geföhnt vorne kurz und hinten lang. Ein paar kaum merkliche braune Strähnchen durchzogen sein Haupthaar. Rita lächelte glücklich. Das war der Mann, in den sie sich vor nunmehr 16 Jahren unsterblich verliebt hatte, als er ihr um zwei Uhr nachts hinter dem Saffelener Schützenzelt seine Liebe gestanden hatte. Nervös, aber durch den Alkohol ein wenig aufgelockert, hatte er ihr das schönste Kompliment gemacht, das ihr jemals ein Mann gemacht hatte. Er hatte es ihr nicht nur gesagt, er hatte es in die Nacht hinausgeschrieen. Oder besser gesagt, er hatte es ihr ins Ohr gebrüllt, weil die Musik aus dem Festzelt so laut gewesen war. Im Schein Tausender funkelnder Sterne hatte er gebrüllt:

„Rita, von allen Frauen hier im Festzelt finde ich dich noch mit am besten.“ Seitdem waren sie ein Paar. Nie würde sie das Lied vergessen, das in diesem magischen Moment von der Bühne hinaus in die vom Vollmond aufgehellte Nacht geweht wurde: „Es war in Königswinter, nicht davor und nicht dahinter ...“ Es war bis heute ihr gemeinsames Lied.

„Was sagst du, Richard?“

Borowka war genervt: „Sag mal, sprech ich Kisuaheli? Mach doch mal der Fernseher leiser. Wo sind meine Stutzen?“

Rita fingerte sich vorsichtig mit der rechten Hand die Zigarette aus dem Mund und legte sie im übervollen Aschenbecher ab. „Mutter hatte nicht genug Buntwäsche zusammen. Die Stutzen liegen noch im Waschkeller.“

Bevor Borowka antworten konnte, klingelte es an der Haustür Sturm. Sie sah ihn mit großen Augen an. „Geh du mal, Richard. Meine Fingernägel sind noch nicht trocken.“

Vor der Tür stand Fredi Jaspers. Seine ganze Körperhaltung verhieß nichts Gutes. Die Schultern hingen schlaff herunter. Sein volles, braunes Haar, das er wie sein Gegenüber vorne kurz und hinten lang trug, war ungekämmt, seine Augen glasig. „Kann ich reinkommen? Mir geht es nicht gut.“

Obwohl Borowka es eilig hatte, brachte er es nicht übers Herz, seinen besten Kumpel, mit dem er seit der Schulzeit befreundet war, abzuweisen. Im Flur fragte er routiniert: „Martina?“

Fredi nickte stumm. Sofort schossen ihm Tränen in die Augen. Hastig kramte er ein großes Stofftaschentuch aus seiner blauen Röhrenjeans mit den braunen Lederaufsätzen hervor und schnäuzte sich laut vernehmlich die Nase.

Borowka wusste, dass er nun psychologisch vorgehen musste. Dass er die richtigen Worte finden musste, um seinem besten Freund wirklich eine Hilfe zu sein. Er nahm Fredi bei den Schultern, schüttelte ihn und sagte: „Bist du eigentlich nur bekloppt? Wie oft soll ich dir eigentlich noch sagen: Vergess die blöde Tante. Die hat sie doch nicht mehr alle."

Fredi sah Borowka trotzig an. „Meinst du etwa, das wär alles so einfach für mich? Martina hat mich doch erst im Januar verlassen."

Borowka verdrehte die Augen. „Jaaa, Fredi! Aber im Januar vor zwei Jahren. Kapier es doch endlich. Das ist vorbei. Ende, aus, Micky Maus. Mein Gott, wie lange ist das jetzt her, dass die bei dir ausgezogen ist?"

Fredi antwortete ohne zu zögern: „27 Monate, 7 Tage und 15 Stunden."

Borowka schüttelte den Kopf und stemmte die Hände in die Hüften. „Fredi, so leid es mir tut. Ich muss los, zum Fußball. Ich bin sowieso schon viel zu spät dran. Wir können uns ja morgen nochmal ..."

Ohne vom Boden aufzusehen, presste Fredi mit tränenerstickter Stimme hervor: „Die hat ein neuer Freund. Der heißt Sascha, kommt aus Mönchengladbach und fährt ein Audi A8."

Borowka war wie vom Donner gerührt. Was das bedeutete, wurde ihm schlagartig klar. Zum ersten Mal seit der Trennung von Fredi hatte Martina einen neuen Freund. Konnte Fredi sich bisher noch mit der theoretischen Möglichkeit der Wiedervereinigung trösten, war seine Hoffnung nun in weite Ferne gerückt. Borowka schob Fredi vorsichtig ins Wohnzimmer, wie einen Blinden, den man durch ein Minenfeld führt. Als Rita aufsah, gab er ihr mit einem verschwörerischen Handzeichen zu verstehen, dass sie verschwinden soll. Bei Fredis desolatem Anblick verstand sie sofort, blies sich noch einmal kurz über die Fingernägel und verschwand lautlos in Richtung Küche. Borowka bugsierte Fredi auf die Couch und setzte sich daneben. Er schlug ihm aufmunternd, aber behutsam auf die Schulter: „Weißt du was, Fredi? Wir trinken jetzt erst mal zwei, drei Bier und dann fahren wir zusammen zum Fußball. Es wird sowieso langsam Zeit, dass du mal wieder mitspielst. Und dann treten wir der Tonne und der Spargel mal richtig in die Beine, für uns abzureagieren. So wie früher immer. Was meinst du?"

Fredi schüttelte nur schwach den Kopf. „Weißt du, Borowka, dazu bin ich mental noch nicht in der Lage – und vom Kopf her schon mal gar nicht."

3

Montag, 5. Mai, 17.25 Uhr

Schwarz und schwer tropfte der frische Filterkaffee in die Glaskanne und verbreitete einen angenehm-würzigen Geruch. Ein willkommener Kontrast zur Duftnote im schlecht belüfteten Kuhstall, wie Doktor Mauritz erfreut feststellte, als er die Küche der Hastenraths betrat. Er hatte sich noch schnell die Hände gewaschen in dem kleinen, weiß gekachelten Raum neben dem großen Milchtank, in den die Melkmaschinen die frische Milch aus dem Stall über oberirdisch verlegte Hartplastikrohre hineinpumpten. Im Tank wurde die Milch gekühlt und ständig von einem riesigen Schwenkarm in Bewegung gehalten. Jeden zweiten Tag zu den unterschiedlichsten Zeiten fuhr ein großer Tankwagen mit der Aufschrift „Eifeljuwel" am Hof der Hastenraths vor. Der Fahrer öffnete eine Klappe an der Hauswand, führte einen großen Schlauch durch ein Loch in der Wand zum Milchsammelbecken und schloss ihn dort an. Nur etwa drei Minuten dauerte es, bis 800 Liter Milch abgepumpt waren. Dann fuhr er weiter.

Als Doktor Mauritz die Küche betrat, hatte Hastenraths Will bereits am großen Eichentisch Platz genommen und rieb sich erwartungsfroh die Hände. Da Doktor Mauritz viele Landwirte regelmäßig besuchte, war ihm der in solchen Küchen typische Stilmix nur allzu vertraut. Es hätte ihn geradezu irritiert, wenn alle Geräte und Schränke in dieser Küche zueinander gepasst hätten. Ein alter Gasherd stand neben einem modernen, schlanken Kühlschrank mit extra großem Tiefkühlfach. Daneben ein Backofen von AEG, der, seiner Verblendung nach zu urteilen, aus derselben Serie stammte wie ein großer, brauner Vorratsschrank, der auf der anderen Seite des Raumes stand. Die zu dieser Serie gehörige Spüle meinte Doktor Mauritz einmal im Vorraum des Schweinestalls entdeckt zu haben. Will hatte darin damals mit seinen Händen das Schweinefutter angerührt.

Doktor Mauritz lächelte selig, mochte er doch diese ganz spezielle Gemütlichkeit und natürlich auch die Herzlichkeit, die ihm in Person von Marlene Hastenrath entgegensprang, kaum dass er die Küche betreten hatte. Marlene war die Frau, mit der Will seit fast vierzig Jahren verheiratet war und die einen Großteil der Ländereien mit in die Ehe gebracht hatte. Nun wischte sie ihre Hände an ihrem geblümten Arbeitskittel ab und begrüßte den Doktor mit aufrichtiger Freude.

„Guten Morgen, Herr Doktor. Wie geht es Ihnen und unsere Kühe?“

„Guten Morgen, Frau Hastenrath. Mir geht es gut. Den Kühen im Großen und Ganzen auch. Bei zweien habe ich jedoch eine akute Mastitis festgestellt. Also eine sehr schmerzhafte Euterentzündung, die wir ...“

Marlene Hastenrath schlug die Hände vors Gesicht und schüttelte besorgt den Kopf. „Mein Gott. Damit ist nicht zu spaßen. Das hatte Schlömer Lisabeth auch schon mal.“

Doktor Mauritz war sprachlos. Sein Mund stand offen und er war außerstande, etwas Sinnvolles zu entgegnen.

Hastenraths Will rief ungerührt vom Küchentisch herüber: „Mastritis, Marlene. Nicht Gastritis. Kommen Sie, Herr Doktor, setzen Sie sich hier am Tisch."

Doktor Mauritz ging, immer noch leicht konsterniert, zum Tisch und nahm auf der rustikalen Eckbank Platz. Marlene wendete sich erleichtert ihrer Küchenzeile zu. Während sie den duftenden Kaffee in eine weiße Porzellankanne mit rosa Ornamenten goss, plapperte sie unverdrossen weiter: „Da kenn ich nix von, Herr Doktor. Für mich sind das alles römische Dörfer. Aber das kriegen Sie im Griff, oder?"

Doktor Mauritz nickte: „Gar kein Problem. Ein paar Tage müssen Sie eine Salbe auftragen und dann müsste es den Kühen wieder besser gehen. Sie schreien dann auch bestimmt nachts nicht mehr rum. Sie können also bald wieder gut schlafen, Frau Hastenrath."

„Ach, Herr Doktor", Marlene winkte ab, „mich stört das Brüllen nicht. Ich hör es ja sowieso kaum, weil der Will im Nebenzimmer so laut schnarcht." Sie nahm die volle Kaffeekanne und kam damit an den Tisch. Sie goss zuerst dem Doktor, dann Will und schließlich sich selbst eine Tasse ein. Die Tassen standen bereits auf dem Tisch und stammten ganz offensichtlich aus einer anderen Produktionsserie als die Kanne, wie Doktor Mauritz schmunzelnd feststellte. Die Kanne stellte Marlene in der Mitte des Tischs ab, genau unter einem entrollten Klebeband, das lang von der Decke herunterhing. Daran klebten Hunderte von Fliegen – die meisten davon tot.

Marlene Hastenrath war eine sehr tüchtige und lebensfrohe Frau. Auf 168 Zentimetern verteilten sich relativ gleichmäßig gut 100 Kilo. Bei ihrer täglichen Arbeit auf dem Hof und im Haushalt trug sie am liebsten praktische Kittel. Zu offiziellen Anlässen jedoch, wie beim sonntäglichen Kirchenbesuch, liebte sie es, sich schick zu machen. Dann trug sie Kleider, Schmuck und sogar Make-up, im Winter elegante Pelzmäntel. Dass ihr Mann Will sie dann immer „Zirkuspferd" nannte, überhörte sie geflissentlich. Auch wenn Will sich nichts aus Mode machte, so wusste sie genau, dass sie als Frau des Ortsvorstehers, sozusagen als First Lady von Saffelen, auch eine repräsentative Aufgabe wahrzunehmen hatte. Neben ihren verschiedenen Vereinsaktivitäten, wie etwa als Vorsitzende der katholischen Strickfrauen Saffelen, übernahm sie im Ort auch karitative Aufgaben. Sie kümmerte sich beispielsweise ehrenamtlich um die Organisation des Pfarrfestes, das in wenigen Tagen anstand. Der Erlös war für einen guten Zweck bestimmt, für den Kegelausflug der Strickfrauen nach Boppard.

Doktor Mauritz mochte die etwas burschikos anmutende Frau, insbesondere, weil es ihr mit ihrer ruhigen und ausgleichenden, manchmal vielleicht auch naiven Art meistens gelang, Will auf den Boden zurückzuholen, wenn dieser mal wieder übers Ziel hinausgeschossen war. Das einzige Problem war, dass man sich sehr geschickt in ein Gespräch mit Marlene einfädeln musste, um überhaupt selbst zu Wort zu kommen. Diese Kunst hatte Doktor Mauritz in den letzten Jahren perfektioniert. Er nannte sie stolz die „Apropos"-Methode.

Gerade holte Marlene wieder zu einer weitschweifigen Erklärung zu einigen Umbaumaßnahmen auf dem Hof aus:

„Bei der alte Hühnerstall war uns ja wegen die Statistik das Dach eingebrochen. Da hab ich für der Will gesagt ..."

„Apropos Einbruch", ging Doktor Mauritz prompt dazwischen, „gibt es eigentlich Neuigkeiten zu dieser unheimlichen Einbruchsserie in Saffelen?"

Die Einbrüche waren in der Tat unheimlich. Nachdem es in den vergangenen Jahrzehnten, abgesehen von ein paar jugendlichen Vandalismus-Aktionen in der Mainacht, in Saffelen so gut wie keine Kriminalität gegeben hatte, war in den letzten beiden Wochen insgesamt viermal gewaltsam in Häuser eingebrochen worden. Die Polizei vermutete einen Serieneinbrecher, weil jeder Einbruch die gleiche Handschrift trug. Immer kam der Täter durch die Haustür, die er fachmännisch mit einem Dietrich geöffnet hatte.

Wieder war Marlene schneller mit der Antwort: „Ist das nicht schlimm, Herr Doktor? Vor allem bei der Witwe von Gerhard Geiser. Die arme Frau. Da ist ihr Mann gerade mal eine Woche tot, da wird auch noch in der ihr Haus eingebrochen. Bestimmt weil die bei der Beerdigung so einen teuren Pelzmantel anhatte mit so ein umgehängter toter Fuchs. Den hatte die gekauft bei ..."

„Apropos tot. Wer war denn noch mal Gerhard Geiser? Der Name kommt mir irgendwie bekannt vor."

„Was? Sie kennen Gerhard Geiser nicht?" Jetzt hatte Wills Stunde geschlagen. „Gerhard Geiser war der wichtigste Mann, der in Saffelen je gelebt hat. Er ..."

„Jetzt übertreib es nicht schon wieder, Will", ging Marlene dazwischen. Doch dieses Mal ließ er sich nicht von seiner Frau bremsen.

„Gerhard Geiser war über 45 Jahre lang der Ortsvorsteher von Saffelen und fast genauso lang der erste Vorsitzende von fast alle Vereine in Saffelen, abgesehen von den katholischen Strickfrauen – da war der nur im Aufsichtsrat gewesen. Der Mann war eine Lichtgestalt, eine lebendige Legende. Als er mir vor fünf Jahre das Amt des Ortsvorstehers übertragen hat, da war das eine Ehre für mich. Ein paar Monate vor sein Tod ist er sogar noch zum Ehrenbürger des Kreises gewählt worden. Völlig zu Recht. Ich durfte ihn sogar nach dem Kreishaus hinfahren."

„Ja ja", ergänzte Marlene, „weil der vorher sein Führerschein aus Altersgründe abgeben musste. Wissen Sie, Herr Doktor, Gerhard Geiser war zwar ein einflussreicher und geachteter Mann, aber er war auch ein ganz schöner Sturkopf. Der ist das auch schuld mit die Euterentzündung."

Doktor Mauritz zog die Augenbrauen hoch. Will winkte grimmig ab, sagte aber nichts.

„Der war es nämlich", fuhr Marlene fort, „der der Will überredet hat, die Melkmaschine umprogrammieren zu lassen, dass die was stärker ist. Der Will hat immer alles gemacht, was der Gerhard gesagt hat. Der hat sogar ein gerahmtes Bild von Gerhard Geiser überm Telefon aufgehängt, das muss man sich mal vorstellen. Aber ich mochte der Gerhard nie so richtig, Herr Doktor. Dafür mag ich dem seine Frau umso lieber. Und die war sehr niedergeschlagen, als der Gerhard vor drei Wochen gestorben ist. Die wollte noch nicht mal meine Kiwi-Jägermeister-Torte ..."

„Apropos niedergeschlagen. Ist nicht bei einem dieser Einbrüche sogar jemand niedergeschlagen worden?"

„Das stimmt, Herr Doktor“, Will nickte ernst, „Eidams Theo hatte der Täter nachts im Flur überrascht und in ein mutiger Zweikampf versucht, dem zu überwältigen. Aber der Einbrecher war stärker und hat dem brutal mit ein schwerer Gegenstand auf der Kopf geschlagen. Das musste mit zwölf Stiche genäht werden. Der hat viel Glück gehabt, hat der Arzt gesagt“, Will war nachdenklich geworden, während er so sprach, „und wenn ich so da drüber überleg. Ich glaube, ich sollte in meiner Funktion als Ortsvorsteher eine ‚Aktuelle Stunde‘ in der Gaststätte Harry Aretz einberufen. Und zwar mit sofortiger Wirkung. Für mal zu überlegen, wie wir auf die Einbrüche reagieren können.“

Marlene verschränkte die Arme vor der Brust und verzog verächtlich den Mund: „Pff. Aktuelle Stunde. Dass ich nicht lache. Ihr wollt doch bloß wieder blöde rumquatschen und am Ende seid ihr wieder alle voll wie die Eimer. Aber eins sag ich dir ...“

Doktor Mauritz sah demonstrativ auf die Uhr: „Apropos voll. Mein Terminkalender ist übervoll. Ich muss los.“ Der Doktor bedankte sich für den Kaffee, nahm seine Arzttasche und verabschiedete sich.

Aber Will hörte schon nicht mehr zu. Er überlegte bereits, mit welchen Worten er die „Aktuelle Stunde“ eröffnen würde. Schließlich ging es ja diesmal um ein wirklich wichtiges Thema. Allerdings ahnte Hastenraths Will zu diesem Zeitpunkt noch nicht, dass er bereits mitten drin steckte – im größten Kriminalfall, der Saffelen je erschüttert hatte.

4

Mittwoch, 7. Mai, 20.08 Uhr

Will hatte seinen Parka ordentlich über den Stuhl gehängt. Er strich sich noch einmal über sein kariertes Hemd, das Marlene ihm zur Feier des Tages aufgebügelt und mit Textilerfrischer besprüht hatte. Alle wichtigen Funktionsträger des Dorfes waren zur ‚Aktuellen Stunde' im großen Saal der Gaststätte Harry Aretz erschienen und hatten sich unter lautem Gemurmel an dem langen Tisch niedergelassen, den der Wirt extra von der Kegelbahn herüber in den Saal getragen hatte. Will saß am Kopfende und ging noch einmal im Geiste die Begrüßungssätze durch, die er intensiv vor dem großen Standspiegel in seinem Flur geübt hatte. Er erhob sich langsam und staatsmännisch und nahm den alten, kunstvoll aus edler Mooreiche geschnitzten Richterhammer in die Hand. Diesen Richterhammer, der eigentlich ein Versteigerungshammer war, hatte er von Gerhard Geiser höchstpersönlich überreicht bekommen, als dieser ihn in einem erhabenen Zeremoniell zu seinem Nachfolger bestimmt hatte. Will rückte kurz den Holzsockel in Position, auf den er in wenigen Augenblicken den Hammer sausen lassen würde, um für Ruhe zu sorgen. Er räusperte sich etwas lauter als nötig und klopfte dreimal kräftig auf den Sockel. Mit leichter Verzögerung kehrte im Saal Ruhe ein. Alle Augen waren nun auf den Ortsvorsteher gerichtet. Will sah bedeutungsschwer von einem zum anderen. Mit wohlgesetzter, knarzend-tiefer Stimme begann er: „In Zeiten wie diesen, meine sehr verehrten ..."

Plötzlich öffnete sich geräuschvoll die Falttür, die den Saal vom Schankraum trennte, und Richard Borowka schob sich umständlich herein, den Kopf rückwärts Richtung Theke gerichtet: „Harry, auf dem Klo sind die Papierhandtücher alle." Dann schloss er die Falttür wieder, wischte sich beide Hände an seinen Hosenbeinen ab und durchschritt gemächlich den Saal bis zu seinem Platz. Unterwegs grüßte er mit angedeutetem Kopfnicken die Anwesenden. Sein Platz war zur rechten Seite von Will, da er als Pressewart das Protokoll zu führen hatte. Bevor er Platz nahm, schüttelte er dem leicht verärgerten Will kurz die Hand und ließ sich unter lautem Stöhnen auf seinen Stuhl fallen. Er strich sich durch seine gepflegte Fönfrisur und sagte: „Tschuldigung. Der Auto ist nicht angesprungen. Musste ich zu Fuß gehen. Seid ihr schon lange dran?"

Will sah missbilligend auf Borowka herunter: „Ich wollte gerade anfangen, Richard. Also, schreib mit. Das ist alles wichtig, was ich jetzt sage."

Borowka erhob sich noch einmal kurz und zog einen Kugelschreiber der Spar- und Darlehenskasse Saffelen und einen geknickten Spiralblock aus der hinteren Hosentasche. „Kann losgehen."

Will faltete die Hände vor der Brust, atmete mit großer Geste ein und begann von Neuem: „In Zeiten wie diesen, meine sehr verehrten ..."

Erneut öffnete sich die quietschende Falttür. Herein trat diesmal Maurice Aretz, der Neffe des Kneipenwirts Harry Aretz, der sich als Gelegenheitskellner sein karges Gehalt aufbesserte. Maurice hatte gerade in der Nachbargemeinde Waldfeucht eine Lehre zum Versicherungskaufmann abgeschlossen. Er war eine Art Ziehsohn von Harry Aretz. Hiltrud, Harrys Schwester, hatte Maurice vor mehr als 22 Jahren unehelich im Kreiskrankenhaus zur Welt gebracht. Das alleine war seinerzeit in Saffelen schon ein Skandal gewesen. Dass der mutmaßliche Kindsvater, ein Dachdecker aus Krefeld, sich unmittelbar nach der Niederkunft aus dem Staub gemacht hatte, machte es der alleinerziehenden jungen Mutter erst recht nicht leicht, in der Dorfgemeinschaft Fuß zu fassen. Als Maurice vier Jahre alt war, verließ auch Hiltrud Saffelen in einer Nacht- und Nebelaktion für immer und ließ Maurice in der Obhut ihres Bruders zurück. Es hieß, sie würde heute mit einer neuen Familie in Hamburg leben. Genau wissen tat es aber niemand. Und eigentlich wollte es auch niemand wissen – die ganze Geschichte war im Laufe der Jahre zu einem Tabuthema geworden. Seit jener Zeit vor 18 Jahren hatte sich Harry Aretz seines Neffen angenommen und ihn großgezogen statt eines eigenen Sohnes, den er wegen des frühen Tods seiner Frau nie haben durfte. Maurice hatte seinen Onkel von diesem Kummer abgelenkt. In der Schule zählte er zu den Besten und auch als hoch talentierter Leichtathlet hatte er seinen Verein schon oft bei überregionalen Wettkämpfen vertreten. Er war sogar zwei Jahre lang Zehnkämpfer gewesen und stand kurz vor der Aufnahme in einen Förderkader des Leichtathletik-Verbands Nordrhein, doch dann beendete ein Kreuzbandriss seine junge

Karriere. In absehbarer Zeit beabsichtigte er, ins Ausland zu gehen. Deshalb sparte er eisern das Geld, das er sich mit dem Kellnern dazuverdiente.

Etwas unsicher stand Maurice nun im offenen Spalt der Falttür und hielt einen Block und einen Stift in der Hand. Offensichtlich wollte er die Getränkebestellung aufnehmen. „Ach, der Morris“, rief eine Stimme aus der Runde. Alle im Dorf nannten ihn Morris. Die einen, weil es sich besser aussprechen ließ als Maurice, die anderen, weil ihnen gar nicht bewusst war, dass man seinen Namen anders aussprechen konnte.

Borowkas Miene hellte sich auf. Er zupfte Will aufgeregt am Ärmel und rief: „Ich würde mal sagen, wir gehen sofort über zu Tagesordnungspunkt eins – Bier- und Schnapsbestellung.“ Lautes Gelächter erfüllte den Saal. Ein aufgeregtes Stimmengewirr entspann sich und Maurice machte sich eifrig Notizen.

Nachdem er den Saal wieder verlassen hatte, wartete Will so geduldig, wie es ihm möglich war, bis wieder Ruhe eingekehrt war. Er räusperte sich noch einmal laut vernehmlich, bevor er erneut ansetzte: „In Zeiten wie diesen, meine sehr verehrten ...“

„Entschuldigung, Herr Hastenrath. Lassen Sie uns doch bitte gleich zum Punkt kommen. Ich muss heute Abend noch einige Diktate durchsehen.“ Die Stimme, die Will nun völlig aus dem Konzept brachte und konsterniert in die Runde blicken ließ, gehörte Peter Haselheim, dem Saffelener Grundschullehrer. Während dieser sich selbstbewusst erhob, ließ sich Will schwerfällig, fast wie in Trance, auf seinen Stuhl zurücksinken. Er sah Peter Haselheim sprachlos mit großen Augen an.

Peter Haselheim war ein blendend aussehender Mittdreißiger, der vielen Frauen im Dorf gefallen hätte, wenn er nicht so furchteinflößend intelligent und darüber hinaus verheiratet gewesen wäre. Er verstand es, in Schachtelsätzen zu sprechen, Fremdwörter im richtigen Zusammenhang zu benutzen oder Philosophen zu zitieren, deren Namen nie zuvor ein Saffelener gehört hatte. Keine Frage, Peter Haselheim war zwar vielen unheimlich, doch er genoss einen gewissen Respekt im Dorf, fast so großen wie der Dorf-Apotheker. Also, zumindest so großen Respekt, wie man ihn einem Zugezogenen in Saffelen zubilligte. Und so kam es auch, dass er dem Ortsvorsteher widerspruchslos ins Wort fallen konnte: „Warum sind wir heute hier? Wir sind hier, um zu überlegen, wie man der Einbruchsserie Herr werden kann, respektive, wie man präventiv vorgehen kann, damit so etwas nicht mehr geschieht."

Die Dorfbewohner sahen einander unsicher an, nickten aber einträchtig.

Peter Haselheim liebte die große Bühne und so schritt er dozierend auf und ab, mal hob er beschwörend den Arm, mal ließ er beiläufig eine Hand in der Tasche verschwinden. Die Saffelener klebten an seinen Lippen – mit Ausnahme von Will und Borowka. Will, weil er beleidigt und Borowka, weil er eingenickt war.

Haselheim war ein Freund von Fragen, die er sich gleich selbst beantwortete: „Warum müssen wir uns selbst helfen? Weil die Polizei nach einem Notruf mindestens 40 Minuten braucht, bis sie Saffelen über die Landstraße erreicht hat. Also müssen wir den Täter auf eigene Faust entlarven. Aber wie macht man das? Ganz einfach: Wir müssen ein Profil des Täters erstellen.

Wir müssen dem Täter, wenn noch kein Gesicht, dann zumindest schon mal einen Namen geben. Aber welchen?"

„Er hat doch schon einen Namen: Einbrecher." Paul-Heinz Mobers, seines Zeichens pensionierter Baustellenpolier und Saffelens angesehenster Schwarzarbeiter, steckte sich genüsslich eine Zigarre an und blies den Rauch in den Raum. Ein paar der Anwesenden lachten.

Haselheim warf ihm über die Schulter einen verächtlichen Blick zu und fuhr unbeirrt fort: „Woher ich weiß, dass so was nötig ist? Ich habe kürzlich einen spannenden Kriminalroman gelesen: ‚Cupido' von Jilliane Hoffman."

Plötzlich beugte sich ein Mann in einer Feuerwehruniform vor. Auf seinem Kopf trug er würdevoll einen fluoreszierenden Feuerwehrhelm mit einem reflektierenden roten Streifen. Bei dem Mann, der einen nervös-unbeholfenen Eindruck machte, handelte es sich um Josef Jackels, den Löschmeister und Sprecher der Freiwilligen Feuerwehr Saffelen. Er war 59 Jahre alt und etwa genauso lange schon der Nachbar und beste Freund von Hastenraths Will. Er war herzensgut, manchmal jedoch von beängstigender Naivität. Dennoch hatte er sich durch seine zahlreichen ehrenamtlichen Tätigkeiten, die vom Würstchenwender beim Pfarrfest bis hin zum Körbchenrundgeber in der Kirche reichten, zu einer Autorität im Dorf entwickelt. Sein Wort wurde gehört, seine Meinung hatte Gewicht. Und so horchte Hastenraths Will interessiert auf, als Josef Jackels das Wort ergriff, hoffte er doch, plötzlich unerwartete Schützenhilfe im Kampf gegen diesen aufgeblasenen Lehrer zu erhalten.

Josef Jackels sah Peter Haselheim mit ernstem Blick an und fragte: „Liliane Hoffmann? Ist das die Tochter von Hoffmanns

Leo? Die mit die abstehenden Segelohren, der der Mann laufen gegangen ist?“

Will verdrehte die Augen, während sich Haselheim ein Grinsen nicht verkneifen konnte.

„Nein, Herr Jackels. Jilliane Hoffman ist eine amerikanische Schriftstellerin. Die hat einen Bestseller geschrieben ... also ein berühmtes Buch. Darin geht es um einen Serienmörder und der bekommt von der Presse den Namen ‚Cupido‘.“

Josef Jackels stockte kurz, nickte dann wissend, murmelte leise: „Richtig, Cupido“, und lehnte sich wieder zurück in den Schatten seiner Sitznachbarn.

Dafür ergriff Heribert Oellers nun das Wort. Heribert Oellers war eine imposante Erscheinung von massiger Statur mit ständig ölverschmierten Fingernägeln. Er war der gestrenge Inhaber von Autohaus Oellers, dem erfolgreichsten Unternehmen und größten Arbeitgeber von Saffelen. In seiner Firma war fast die gesamte Saffelener Fußballreserve beschäftigt, darunter auch Fredi Jaspers im Büro und Richard Borowka in der Werkstatt. Oellers’ brummige Stimme klang wie ein herannahendes Fliegergeschwader: „Was soll der Quatsch mit das Buch? Und was ist Cupido überhaupt für ein bescheuerter Name?“

Peter Haselheim ärgerte sich über diesen Einwurf, aber er wusste, dass er den einflussreichen Gebrauchtwagenmogul auf seine Seite bringen musste. „Sie haben absolut Recht, Herr Oellers“, er sah dem Autohausbesitzer tief in die Augen, „aber da wir es auch hier mit einem namenlosen Serientäter zu tun haben, wäre es gut, ihm einen Namen zu geben. Sie haben auch Recht, Herr Oellers, wenn Sie sagen, der Name ‚Cupido‘ sei nicht mit Bedacht gewählt. Cupido ist, wie wir alle wissen, in der römischen Mythologie der Liebesgott. Entsprechend dem Eros in der griechischen Mythologie." Im Saal wechselten unsichere Blicke. Es war mucksmäuschenstill. Nur das schwere, regelmäßige Atmen von Borowka war zu vernehmen. Haselheim fuhr ungerührt fort: „Angesichts der Gefahrenlage, in der wir uns in Saffelen befinden, halte ich einen anderen Namen für unseren Mann für wesentlich passender. Warum? Weil es der Name des Gottes der Totenwelt ist!" Haselheim hielt beschwörend beide Arme in die Höhe. Seine Stimmlage wechselte fast unmerklich in einen bedrohlichen Unterton. „Meint er etwa Hades?, werden Sie alle sich fragen. Nein, mir, und ich denke auch Ihnen allen, liegen die alten Römer mehr als die alten Griechen. Deshalb möge unser Einbrecher fortan den Namen PLUTO tragen!" Seine letzten Worten ließ er lange nachhallen, dann strich er sich mit großer Geste durchs Haar und setzte sich sichtlich zufrieden auf seinen Platz.

Im Saal brachen hitzige Diskussionen aus, an denen sich alle beteiligten. Außer Borowka, der tief und fest schlief und Will, der eingeschnappt vor sich hin stierte und sich die ganze Zeit fragte, warum um alles in der Welt man einen Einbrecher nach einem Schokoriegel benennen sollte.

5

Mittwoch, 7. Mai, 20.14 Uhr

Langsam breitete sich in seinem Magen eine wohlige Wärme aus. Ein Jägermeister kann Wunder wirken, dachte Frantisek. „Noch einen“, rief er dem Mann hinter dem Tresen zu, „und für Kumpel auch.“

Der wortkarge Wirt, der die ganze Zeit stoisch ein Bierglas nach dem anderen poliert hatte, legte langsam das Spültuch zur Seite und nahm die Jägermeisterflasche aus dem Regal, ohne seinen Blick von Frantisek zu wenden. Nachdem er wortlos die beiden Schnapsgläser aufgefüllt hatte, wandte er sich wieder den Biergläsern zu.

Frantisek stieß seinen Kumpel an und raunte ihm zu: „Was ist das für alter – wie sagt man – Grieskorn? Spricht kein Wort und glotzt die ganze Zeit mich an.“

Hermann fixierte den Wirt aus dem Augenwinkel und sah Frantisek mit trübem Blick an: „Griesgram, nicht Grieskorn. Was regst du dich auf? Hier sind wahrscheinlich selten Fremde. Kein Wunder“, er sah sich in der Kneipe um, „hier sieht's ja aus wie vor hundert Jahren. Und es riecht, als wäre hier drin ein Rudel Wildschweine gestorben.“ Sie mussten beide lachen. Der Alkohol hatte sie übermütig werden lassen, obwohl der

Anlass, weswegen sie in Saffelen waren, ein durchaus ernster war. Wenn man so will, hatten sie beruflich hier zu tun.

„Ich dir sagen, Hermann, ich froh, wenn wir hier weg. Wo wir gehen, wenn wir fertig?"

Hermann sah sich verstohlen um, kramte einen zerknitterten Zettel aus der Hosentasche, überflog ihn kurz und ließ ihn wieder verschwinden. Er beugte sich hinüber zu Frantisek und flüsterte: „Nach Frankfurt. Dann sind wir endlich wieder unter Menschen."

Frantisek brach erneut in albernes Gelächter aus. Als er aufsah, bemerkte er, dass der Wirt immer noch seinen Blick auf ihn geheftet hatte. Plötzlich öffnete sich die Falttür, die zum Saal führte, in dem es offensichtlich hoch her ging.

Seit zwei Stunden saßen diese beiden Typen nun schon an der Theke und tranken einen Jägermeister nach dem anderen, ohne auch nur annähernd betrunken zu werden. Harry Aretz spülte Biergläser und ließ sie nicht aus den Augen. Der eine, ein großer, behaarter Kerl mit einem beeindruckenden Stiernacken, schien der Chef zu sein, so viel hatte er mitbekommen. Der zweite, von eher schlanker Statur, sprach mit osteuropäischem Akzent. Er hatte auffällig hohe Wangenknochen und Augen, die tief in ihren Höhlen lagen. Doch wenngleich er auf den ersten Blick einen hageren Eindruck machte, so hatte er doch einen recht sehnigen und muskulösen Oberkörper. Sein spärliches, dünnes Haar klebte fettig am Kopf. Den ganzen Abend schon tuschelten die beiden miteinander, aber Harry konnte nur Wortfetzen auffangen. Er mochte keine Fremden. Spätestens, seit dieser Dachdecker aus Krefeld seine Schwester unglücklich gemacht hatte. Doch bevor seine Gedanken wieder zurückwanderten in diese düsteren Zeiten, in denen er kurz nacheinander erst seine Frau und dann seine Schwester verloren hatte, öffnete sich die Falttür neben der Theke und Maurice trat mit Schweiß auf der Stirn und einem vollgekritzelten Zettelblock in die Gaststätte. Der Anblick seines Neffen zauberte ein kurzes Lächeln in das ansonsten sorgenzerfurchte Gesicht von Harry Aretz.

Maurice versuchte seine Gedanken zu sortieren, nachdem er die Falttür wieder hinter sich geschlossen hatte. Er sah auf seinen Zettel: „18 Pils, 18 Korn, ein Alsterwasser und eine Cola light“, rief er seinem Onkel zu, der das Spültuch zur Seite legte und sofort mit dem Zapfen begann. Während er hochkonzentriert ein Glas nach dem anderen unter dem strammen Bierstrahl der Zapfanlage vorbeiwandern ließ, fragte er, ohne aufzusehen: „Alsterwasser für Haselheim ist klar. Aber für wen ist denn die Cola light?“

„Ach, da ist noch so ein Typ von der Zeitung.“

Maurice wollte gerade um die Theke gehen, um die Getränke auf ein Tablett zu laden, als der dünne Mann mit dem schütteren Haar, der auf dem Barhocker saß, ihn am Arm festhielt. Der Griff schmerzte.

„Was da los da drinnen?“

Maurice schluckte. Harry Aretz schloss den Hahn der Zapfanlage und sah herüber. Seine Augen verengten sich zu Schlitzen: „Lass den Jungen los.“

Der dünne Mann lockerte seinen Griff und warf dem Wirt einen bösen Blick zu. „Was du für Problem?“

Harry Aretz verschränkte die Arme vor der Brust. „Ich glaube, du solltest besser nach Hause gehen. Sonst hast du gleich ein Problem."

Der große bullige Mann, der die Szene bislang wortlos beobachtet hatte, erhob sich und schob seinen Freund Richtung Tür. Dann legte er einen Zwanzig-Euro-Schein auf die Theke, sah Harry Aretz durchdringend an und sagte mit brummiger Stimme: „Wir wollten sowieso gerade gehen. Stimmt so." Dann verließen sie eilig die Gaststätte.

6

Mittwoch, 7. Mai, 20.22 Uhr

Will hatte sich erhoben und schlug mehrmals energisch mit dem Hammer auf den Holzsockel. Sein Blutdruck stieg in besorgniserregende Höhen.

„Ruhe, verdammt noch mal“, brüllte er in die Runde, „seid ihr bekloppt geworden?“ Schnell ebbte die erhitzte Debatte im Saal ab und alle sahen zum Ortsvorsteher, dessen Halsschlagader deutlich sichtbar pochte.

„Ich denke, wir können Folgendes festhalten, für der erste Punkt mal endlich abzuhaken“, bemühte er sich mit fester Stimme, wieder etwas Ordnung in die Versammlung zu bringen. „Also: Wir beschließen hiermit, der unbekannte Einbrecher der Name ‚Lupo‘ zu geben.“

„Pluto“, warf Haselheim dazwischen.

„Ja, oder Pluto. Wie auch immer“, fuhr Will ihn entnervt an. „Auf jeden Fall werden wir bis zur nächsten Sitzung jeder mal überlegen, ob uns etwas aufgefallen ist, was beitragen kann zur Profilierung von diesem Pluto.“

Peter Haselheim hatte sich in seinem Stuhl weit zurückgelehnt und bildete mit seinen Händen ein Dreieck vor seiner Brust. Er runzelte kurz die Stirn und sagte dann ohne aufzusehen: „Was der Herr Hastenrath meint, ist, dass wir zunächst ein Profil erstel ..."

„Ich meine genau das, was ich gesagt habe", herrschte Will den Lehrer an. Und zwar so vehement, dass Haselheim fast vor Schreck mit seinem Stuhl hintenübergekippt wäre. Eingeschüchtert setzte er sich auf und machte eine beschwichtigende Geste in Richtung Will.

„Noch Fragen?" Wills Augen funkelten zornig. Niemand hatte in diesem Moment eine Frage.

„Gut", hob er nach wenigen Sekunden wieder an, „dann können wir ja jetzt zum nächsten Tagesordnungspunkt übergehen." Will ließ seinen Blick durch den Saal schweifen, von einem zum anderen. Nachdem er sich vergewissert hatte, dass ihm jeder der Anwesenden wieder die volle Aufmerksamkeit schenkte, drückte er seinen Rücken durch und begann in einem nunmehr bedächtigen Tonfall: „In Zeiten wie diesen, meine sehr verehrten ..."

In diesem Augenblick öffnete sich ächzend die Falttür. Maurice zwängte sich mühsam hindurch. Auf jeder Hand balancierte er ein Tablett, randvoll mit Getränken. Heribert Oellers sprang auf, um ihm durch die Tür zu helfen. Er nahm ihm ein Tablett aus der Hand und rief freudig in die Runde: „Nachschub!" Unter frenetischen „Morris, Morris"-Rufen ging der junge Kellner daran, die Bier- und Schnapsgläser zu verteilen.

Hastenraths Will trommelte mit den Fingern auf dem Tisch, um sich zu beruhigen. Mit versteinerter Miene wartete er ab, bis die erneute Unruhe sich halbwegs gelegt hatte. Dann schlug er noch einmal schwach mit dem Hammer auf den Block und setzte müde an: „In Zeiten ... ähm ... wie diesen, meine sehr verehrten ...“ Plötzlich sah er aus dem Augenwinkel, wie sich der 17-jährige Schüler, den die Tageszeitung geschickt hatte, umständlich erhob, seine Jacke von der Stuhllehne nahm und hastig die Cola light hinunterstürzte. Will unterbrach seine Ansprache und wandte sich direkt an den Schreiber: „Wo soll's denn hingehen, junger Mann?“ Vielleicht klang er zu vorwurfsvoll, aber das war ihm mittlerweile egal.

Der Schüler errötete leicht und antwortete mit dünner Stimme: „Tut mir leid, ich muss noch nach Waurichen, die Übergabe eines vergrößerten Schecks fotografieren. Da hat der Frauenkegelverein einen ...“

„Mich interessiert nicht, was die Waurichener Kegelfrauen machen“, polterte Will unvermittelt los, „ich sage dir eins, mein Junge. Du bekommst jetzt von unser Pressewart Richard Borowka hier neben mir die Pressemappe mit den Themas vom heutigen Abend. Und achte dadrauf, dass alle Namen richtig geschrieben sind. Falls nicht, werden alle Vorstandsmitglieder und denen ihre Angehörige mit sofortiger Wirkung ihr Zeitungsabo kündigen. Ist das klar?“

Der Junge nickte verschüchtert. Dann trat Stille ein. Will war irritiert. Er sah über seine rechte Schulter und bemerkte, dass Richard Borowka leise schnarchte. Richards Kopf war mittlerweile leicht zur Seite gekippt und ein dünner Speichelfaden hing an seinem Mundwinkel. Will rammte seinem Pressewart wütend den Ellenbogen gegen die Schulter.

Borowka schreckte hoch: „Was? Wie? Nein, Rita, ich hab die Frau nicht angeguckt.“ Einige im Saal lachten. Will sah sie wütend an. Auf der Stelle verstummten sie.

In der Zwischenzeit hatte Borowka sich wieder einigermaßen gesammelt. Schuldbewusst sah er zu Will auf: „Tschuldigung, Will. Ich muss wohl ein kurzer Sekundenschlaf gehabt haben. Was muss ich tun?"

Will atmete einmal tief durch und sagte dann: „Hier, gib der Jung von der Zeitung die Pressemappe."

Borowka erhob sich, nahm eine Mappe von dem Stapel, der auf einem Beistelltisch lag, ging zu dem jungen Mann von der Zeitung und überreichte sie ihm mit den Worten: „Hier, Jung. Und achte dadrauf, dass alle Namen richtig geschrieben sind. Falls nicht, werden alle Vorstandsmitglieder und denen ihre Angehörige mit sofortiger Wirkung ihr Zeitungsabo kündigen. Ist das klar?"

Will schüttelte resignierend den Kopf. Dann sah er, wie Maurice, der längst mit dem Verteilen der Getränke fertig war, am anderen Ende des Raumes schüchtern die Hand hob, so als würde er in der Schule aufzeigen. Will erteilte ihm kraftlos mit einer kurzen Handbewegung das Wort: „Was ist los, Morris?"

Der Kellner zückte seinen Block. „Ich wollte nur noch eben schnell die Essensbestellung aufnehmen. Wie immer? Zehnmal Jägerschnitzel, achtmal Zigeunerschnitzel und ein kleiner Salat?" Maurice quittierte das zustimmende Gemurmel mit einem Kopfnicken und beeilte sich, den Saal wieder zu verlassen. Will ergriff seinen Hammer.

In diesem Augenblick erhob sich Peter Haselheim erneut. Er warf dem Ortsvorsteher einen freundlichen Blick zu. „Ganz kurz nur, Herr Hastenrath. Aus aktuellem Anlass würde ich gerne einen neuen Tagesordnungspunkt zur Diskussion stellen. Und zwar beantrage ich, dass hier in der Gaststätte Harry Aretz das ‚Zigeunerschnitzel' umbenannt wird in ‚Scharfes Schnitzel'. Aus Respekt vor den Sinti und Roma."

Während sich alle fragend ansahen, umklammerte Will seinen Richterhammer so fest, dass seine Fingerknöchel weiß wurden. Und wäre der Hammer nicht aus massiver Mooreiche gewesen, hätte er ihn in diesem Augenblick durchgebrochen.

7

Samstag, 10. Mai, 20.53 Uhr

Drei Tage waren seit der Dorfversammlung vergangen. Die Angst vor der Bedrohung durch den unheimlichen Serieneinbrecher war mittlerweile ein wenig der Vorfreude gewichen, die das Pfarrfest auslöste, das am nächsten Tag stattfinden würde. In unermüdlicher, ehrenamtlicher Arbeit hatten sämtliche wichtigen Institutionen des Dorfes, von der Freiwilligen Feuerwehr über den Karnevalsverein bis hin zu den katholischen Strickfrauen, ihren Beitrag geleistet zu dem Fest, das alljährlich zu den Höhepunkten des Dorflebens zählte. Die Vorbereitungen waren erfolgreich verlaufen, jetzt musste nur noch das Wetter mitspielen. Aber auch in dieser Hinsicht verhieß die angenehm frische Brise des Vorabends nur Gutes.

Die Sonne versank sanft hinter den Baumwipfeln und tauchte die leicht verwitterte Parkbank, die auf einer Anhöhe am Waldrand stand, in ein warmes Licht. Von hier hat man einen wunderschönen Blick auf Saffelen, dachte er. Er saß nun schon fast eine Stunde hier und genoss die friedlich hereinbrechende Dämmerung. Die Nacht war sein Zuhause, da fühlte er sich am wohlsten. Bedächtig legte er die Zeitung zur Seite und atmete in tiefen Zügen die frische Mailuft ein. Er war sich noch nicht sicher, ob ihm das gefiel, was er da eben gelesen hatte. Pluto – was für ein seltsamer Name. Hieß nicht auch der unterbelichtete Hund von Micky Maus so? Ärger stieg in ihm auf. Er musste sich beruhigen, denn er wusste, dass er seine Gefühle manchmal nicht gut unter Kontrolle hatte. Dabei war es gerade jetzt so wichtig, einen kühlen Kopf zu bewahren. Zu viel stand auf dem Spiel. Er sah auf die Uhr. Es wurde Zeit.

Der Mann, dem man den Namen Pluto gegeben hatte, erhob sich von der Parkbank und ging den steinigen Waldweg hinunter ins Dorf, um sein Werk zu vollenden.

8

Sonntag, 11. Mai, 3.04 Uhr

Die sternenklare Nacht erhob sich über den kleinen Ort Oberbruch. Ein leises Flirren lag in der Luft. Kleine Pfützen auf dem Asphalt spiegelten die Sterne wider und eine leichte Maibrise wehte den Geruch einer nahe gelegenen Frittenbude herüber. Der große Schriftzug „Cheetah“ strahlte majestätisch in die Nacht hinaus. Das „Cheetah“ war eine von mehreren Diskotheken in dem beschaulichen Ort, sodass man dort stolz von einer sogenannten Altstadt sprach. Am Wochenende nahmen viele Jugendliche und schwer vermittelbare Ü-30-Veteranen aus den umliegenden Dörfern den beschwerlichen Weg über die Landstraßen auf sich, um sich auf dieser Partymeile vom grauen Alltag zu erholen.

Fredi und Borowka stützten sich gegenseitig, als sie vom Türsteher sanft auf den Bürgersteig geschoben wurden. Man hörte laute Musik, die sofort erstarb, als sich die Tür wieder hinter ihnen schloss. Beide hatten den obersten Knopf ihrer Jeanshemden geöffnet, die Lederkrawatten hingen gelockert herunter.

Als Borowka die frische Luft einsog, musste er husten. „Leck mich am Arsch. Ich bin breit wie ein Biberschwanz. So derbe haben wir doch gar nicht gelitert.“

Fredi grinste. Er sah auf die Uhr. Er musste sich konzentrieren, um das Zifferblatt lesen zu können. „Na ja, am Anfang haben wir ja nur Bier gesoffen. Aber als dann die Typen aus Uetterath kamen, die du noch von der Führerscheinnachprüfung kanntest, da musstest du ja unbedingt auf Asbach-Cola umsteigen. Oh Mann, schon kurz nach drei. Lass uns mal abhauen. Morgen ist Pfarrfest."

Borowka strich sich mit beiden Händen durchs Gesicht und trat dann mit wackligen Beinen an den Fahrbahnrand. Mit hohem Tempo nahte ein Taxi heran. Mit großer Geste winkte er es vorbei, um mit Fredi über die Straße gehen zu können zu seinem Auto auf dem Parkplatz.

Der gelbe Ford Capri mit den roten Rallyestreifen war Borowkas ganzer Stolz. Fast täglich wienerte er ihn. Obwohl Baujahr 1986, hatte er seinen Besitzer nur selten im Stich gelassen. Man erkannte Borowka mit seinem Wagen immer schon von Weitem, nicht nur wegen des hohen Tempos, sondern vor allem wegen der über die Doppelscheinwerfer gezogenen Motorhaube und den umgreifenden Stoßstangen, in denen sich auch die Blinker befanden. Es handelte sich um das Modell Capri III '78 mit großem Frontspoiler, Heckflügel und einem äußerst sportlichen Fahrwerk mit Gasdruckstoßdämpfern. Von 0 auf 100 in gerade mal acht Sekunden, war der Capri eigentlich vom Werk aus bei 215 km/h abgeregelt. Aber für den gelernten Kfz-Mechaniker Borowka brauchte es nur einen kleinen Eingriff, um diesen Fehler zu beheben. Der Wagen blitzte im Widerschein der Parkplatzlaterne, so, als sei er gerade erst vom Band gelaufen. Nicht eine Schramme wies er auf. Lediglich im Radius von fünf Zentimetern um das

Schlüsselloch herum befanden sich vereinzelte Kratzer, denen Borowka nun ein paar weitere hinzufügte, als er versuchte, den Schlüssel ins Loch zu bekommen.

Fredi ließ sich matt auf den Beifahrersitz fallen. Auch Borowka hinter dem Steuer atmete tief durch. „Bin ich froh, dass ich endlich mal sitz." Er startete den Wagen, ein gleichmäßiges Schnurren ertönte. Borowka sah stolz zu Fredi hinüber und lenkte den Wagen vorsichtig über die Erhebungen, die man aus Sicherheitsgründen alle zehn Meter auf dem Parkplatz aufgeschüttet hatte. Als er die Ausfahrt erreicht hatte, bog er nach links auf die Hauptstraße Richtung Saffelen ab und gab Vollgas.

Mit einer Hand am Lenkrad beugte sich Borowka tief über die Mittelkonsole und fingerte am CD-Player herum. Fredi stieß ihn zurück.

„Guck auf die Straße, Borowka. Ich mach das schon hier mit der CD-Player."

Fredi drückte den „On"-Knopf und ein futuristisches blaues Licht erhellte das Cockpit. In derselben Sekunde erschallte mit mindestens 130 Dezibel „Africa" von Toto aus den gigantischen Boxen, die hinter den Rücksitzen in der vibrierenden Hutablage eingelassen waren und von denen Fredi wusste, dass sie den kompletten Kofferraum ausfüllten. Diese Tatsache führte immer zu großem Ärger, wenn Borowka einmal im Jahr mit Rita zu Ikea musste. Borowka sang lauthals mit: „I wish it rains down in Aaaaafrica." Dabei klopfte er rhythmisch aufs Lenkrad und schloss zwischendurch sogar kurz die Augen. Fredi drückte augenblicklich die „Off"-Taste. Die Musik und das blaue Licht waren im Nu verschwunden. Borowka sah Fredi irritiert an.

„Ich kann das nicht hören“, sagte Fredi.

„Das ist Toto. Ein absolutes Top-Lied, das ist amtliche Musik. Vielleicht ein bisschen zu wenig Bässe. Ich könnte mal ...“

„Nein, ich kann *das* Lied nicht mehr hören.“ Fredis Blick senkte sich. Er starrte auf die Fußmatte. „Das war mit drauf auf die ‚Kuschelrock‘, die ich immer mit Martina gehört habe. Das ist quasi im Prinzip – unser Lied!“

Borowka meinte, ein leichtes Schluchzen zu vernehmen. Deshalb verkniff er sich sein übliches „Ich werd noch bekloppt“ und versuchte es auf die verständnisvolle Art: „Fredi. Das mit Martina, das musst du irgendswann auch mal ad Akte legen. Eben im ‚Cheetah‘, da ist es dir doch auch eine ganze Zeit mal gelungen, nicht von Martina zu erzählen ... bestimmt so drei, vier Minuten am Stück. Das ist doch ein Anfang. Dadrauf kann man doch aufbauen.“

„Das wäre ja auch alles nicht so schlimm, wenn da jetzt nicht dieser Neue wäre. Dieser Sascha.“

„Ach, Fredi. Was will die Martina denn mit so ein Klappspaten? Nur weil der super aussieht, weil der eine eigene Firma hat und weil der ein nagelneuer Audi A8 fährt? Und weil Martinas Mutter total von dem begeistert ist? Und nur weil der ...“

Fredi seufzte laut.

Borowka stockte. Er musste etwas vom Gas gehen, weil sie mit hoher Geschwindigkeit auf eine S-Kurve zuschossen. Elegant nahm Borowka die Kurve und beschleunigte danach wieder. „Fredi. Überleg doch mal. Auch andere Mütter haben schöne Töchter.“

Fredi sah ihn an: „Aber ... wer denn in Saffelen?“

Damit hatte er ihn kalt erwischt. Borowka musste überlegen – sehr lange musste er überlegen. Nach zwei Minuten gab er auf: „Ja, jetzt auf Anhieb. Keine Ahnung. Was wär denn mit die Ex von Didi? Die trinkt kein Alkohol. Da hast du immer eine, die fährt.“

Fredi sah ihn verständnislos an. „Aber die sieht doch scheiße aus.“

„Dir kann man es aber auch überhaupt nicht recht machen.“

Eine ganze Weile noch saßen sie schweigend nebeneinander. Dann tauchten vor ihnen wie eine Fata Morgana die Umrisse von Saffelen auf. Das letzte Stück vor der Ortseinfahrt war ein gerades Stück, auf dem Borowka noch mal stark beschleunigte. Dann aber, als sie das Ortsschild passierten, musste er leicht abbremsen. Vor einigen Monaten hatte man dort Schikanen mit Blumenkübeln aufgestellt. Borowka ärgerte sich sehr darüber. Vor allem, weil er es im Dorfausschuss nicht hatte verhindern können, da er während der Abstimmung auf der Toilette eingeschlafen war.

„Was soll der Quatsch hier überhaupt?“

Fredi sah den vorbeirauschenden Blumenkübeln mit ernstem Blick hinterher. „Das ist wegen weil die der Verkehr beruhigen wollen. Damit die jungen Leute hier nicht mit so ein Affenzahn reinfahren.“

„Dadran sieht man aber mal wieder, wie Politik sich manchmal selbst ein Eigentor reinschießt. Jetzt, wo die Kübel dastehen, ist es doch noch viel schlimmer geworden. Weil, jetzt muss man ja versuchen, die Dinger bei hoher Geschwindigkeit auszuweichen. Also, ich find das gefährlicher.“

Fredi nickte schläfrig. Als er wieder auf die Straße sah, ging alles blitzschnell. „Brems!“, war das einzige, was er noch schreien konnte. Dann schlug er die Hände vors Gesicht. Borowka trat das Bremspedal bis zum Anschlag durch und kam mit einem lauten Quietschen zum Stehen. Gerade noch rechtzeitig. Wie aus dem Nichts hatte sich nämlich eine dunkel gekleidete Person aus dem Schatten einer alten Kastanie gelöst und überquerte die Straße. Nun stand sie mit aufgerissenen Augen wie ein erschrecktes Reh vor dem dampfenden Kühler von Borowkas Ford Capri. Noch ehe Fredi und Borowka das Gesicht im gleißenden Licht der Scheinwerfer erkennen konnten, rannte die Gestalt weg und wurde vom Dunkel der Nacht wieder verschluckt.

Borowka hatte sich als erster gesammelt. „Wer war das denn?“

Fredis Herz raste. Er sah Borowka ängstlich an.

„Meinst du, das war ... Duplo, der Einbrecher?“

„Ach Quatsch. Das war wahrscheinlich irgend so ein Scheintoter vom Pfarrfestkomitee. Die haben bestimmt noch bis jetzt getagt.“ Als er Fredis furchtsamen Blick sah, fügte er hinzu: „Mach dich nicht im Hemd, Fredi. Komm, ich fahr dich nach Hause. Wir müssen morgen fit sein für auf dem Pfarrfest.“

„Öhm, wenn es dir nix ausmacht, Borowka, dann lass mich doch bei Martina am Haus raus. Ich muss da noch was ... öhm ... spazieren gehen.“

Borowka wollte etwas sagen, überlegte es sich dann aber anders. Stattdessen ließ er den Motor wieder aufheulen und jagte den Wagen weiter durch das nächtliche Saffelen.

9

Sonntag, 11. Mai, 3.39 Uhr

Die Frau mit den langen, blonden Haaren massierte lustvoll ihre üppigen Brüste. Sie spitzte ihre blutroten Lippen und kam ohne Umschweife zur Sache: „Komm her, nimm mich jetzt“, hauchte sie lasziv. Dann ließ sie ihre Hände an ihrem makellosen Körper herunterwandern und zog sich ganz langsam den Slip aus.

Will schreckte aus seinem Halbschlaf hoch. Schweiß stand auf seiner Stirn. Dann bemerkte er, dass die attraktive Frau tatsächlich zu ihm sprach und ihn aufforderte, sie jetzt zu nehmen, indem er eine SMS mit „Carmen XXL“ an die 3322 schickte. Mein Gott, dachte Will, da muss ich ja vorhin aus Versehen auf die DSF-Sportclips geschaltet haben und dabei eingeschlafen sein. Er wischte sich mit dem Ärmel seines grünweiß karierten Hemdes den Schlaf aus den Augen und sah sich im Wohnzimmer um. Marlene saß nicht mehr auf ihrem angestammten Platz auf der Couch. Er selbst lag im zurückgekippten Fernsehsessel, die Beine lang ausgestreckt auf dem Fußhocker. Er bemerkte, dass er mit der rechten Hand noch die Fernbedienung umklammerte. Will gähnte und sah auf die große Wanduhr, die über dem Fernseher hing, in dem er mittlerweile von Viola aufgefordert wurde, bei ihr anzurufen. Es war zwanzig vor vier am Morgen. Will ärgerte sich, dass Marlene ihn nicht geweckt hatte, als sie zu Bett gegangen war. Immerhin begann bereits in wenigen Stunden das Pfarrfest.

Er stand auf und reckte sich. Kein Wunder, dass er irgendwann eingeschlafen war. Er hatte einen langen Tag hinter sich, der wie jeden Morgen um 5.30 Uhr begonnen hatte. Nach dem Aufstehen und einer oberflächlichen Morgenwäsche hatte ihn der erste Weg, wie immer, in den Kuhstall geführt. Jeder Tag begann mit Melken. Jeweils zwischen zwei Kühen befand sich ein Melkmaschinenanschluss. Will steckte den Schlauch in das oberirdisch verlaufende Melkrohr und hängte die Melkmaschine bei der ersten Kuh unter. Sobald sich die Melkmaschine an die Euter angesaugt hatte, begann sie zu pumpen. Während die erste Kuh abgepumpt wurde, schloss Will bereits das nächste Euter an. So wanderte er mit seiner Melkmaschine weiter von Kuh zu Kuh. Bei 20 Kühen benötigte er gut anderthalb Stunden zum Melken. Dieses Mal hatte es etwas länger gedauert, da er die beiden Kühe mit der Euterentzündung zur Schonung von Hand melken musste. Anschließend hatte er die Melkmaschine ausgespült. Während Will gemelkt hatte, hatte Marlene die Schweine gefüttert. Dazu musste sie im Vorraum des Schweinestalls zunächst in einem Bottich das Schweinefutter anrühren. Sie mischte Wasser, Getreide, Gerste und Kraftfutter. Dabei musste sie äußerst leise vorgehen, um die Schweine nicht zu wecken. Sobald die Schweine morgens nämlich nur das winzigste Geräusch hörten, begannen sie so lange zu schreien und zu quieken, bis sie abgefüttert waren. Marlene hatte dann die Tröge aus den Eimern befüllt und noch gesammelte Küchenabfälle wie Kartoffelschalen, alte Äpfel und sonstige Essensreste dazugeworfen. Mastschweine waren nicht besonders wählerisch. Anschließend hatte das Ehepaar gefrühstückt. Neben zwei Mettbrötchen und einem Stück Sahnekuchen hatte Will wie jeden Morgen fünf Tassen tiefschwarzen Kaffees mit jeweils sechs Stück Zucker getrunken. Dann war er gestärkt für den Tag. Während Marlene die Kühe auf die Weide trieb, begann Will mit der Feldarbeit. Die Frühkartoffeln hatte er bereits im April gepflanzt. Auch die Rüben hatte er schon gesät, sodass seine Aufgabe nun darin bestand, mit der Schuffelmaschine, die er an seinen Magirus-Deutz-Traktor anhängte, über die Felder zu fahren, um diese von Unkraut zu befreien. Später düngte er sie dann mit Gülle. Am Nachmittag hatte er den Mähdrescher repariert und anschließend den Schweinestall ausgemistet. Dann war noch mal Tierarzt Dr. Mauritz zur Visite gekommen, um sich die Euterentzündung anzusehen. Zudem hatte sich eine Sau erkältet. Dr. Mauritz hatte ihr ein Mittel gegen den Husten verabreicht und erklärt, dass im Moment ein Grippevirus unterwegs wäre. Er selber spüre auch schon eine Reizung im Hals.

Nachdem Marlene am späten Nachmittag die Kühe wieder in den Stall zurückgetrieben hatte, wo Will von Neuem mit dem Melkvorgang begann, hatten sie zu Abend gegessen. Stolz hatte Marlene Will noch die vier Kuchen gezeigt, die sie im Laufe des Tages ganz nebenbei für das Pfarrfest gebacken hatte, bevor das Landwirtsehepaar wie jeden Samstag pünktlich zur Tagesschau seine Plätze im Wohnzimmer eingenommen hatte. Nach dem Wetter begann auf dem dritten Programm ein Tatort. Erinnern konnte Will sich aber nur noch daran, dass plötzlich eine Leiche in der Isar trieb. Er mochte den bayrischen Tatort nicht besonders, weil dort so ein furchtbares Deutsch gesprochen wurde.

Jetzt schaltete Will schlaftrunken den flimmernden Fernseher aus und wollte ins Bad gehen. Dann stutzte er. Irgendetwas stimmte nicht. Was hatte ihn überhaupt geweckt? Normalerweise hatte er einen sehr tiefen Schlaf und es wäre nicht die erste Nacht gewesen, die er im Sessel verbrachte. Dann nahm er es wahr. Ein ungewohntes Geräusch, ein leises, unregelmäßiges Kratzen. Aus dem Stall konnte es nicht kommen, dort war alles ruhig. Überhaupt, seit Marlene regelmäßig die Eutersalbe auftrug, schrieen die Kühe kaum noch. Will hielt den Atem an. Das Geräusch kam von der Haustür. Jemand musste an der Haustür sein. Aber warum? Und vor allem: Warum nachts um viertel vor vier? Will schlüpfte lautlos in seine Gummistiefel, die neben dem Fußhocker standen, wo er sie sich während der Tagesschau abgestreift hatte. Das Kratzen an der Haustür wurde lauter. Plötzlich hörte er, wie jemand mit gedämpfter Stimme fluchte. Mein Gott, durchfuhr es Will. Pluto! Pluto ist dabei, mein Türschloss aufzubrechen. Er dachte an den armen Theo Eidams und spürte Panik in sich aufsteigen. Schnell löschte er das Licht im Wohnzimmer und schlich, so leise es ging, durch den Flur in die Küche. Der Raum wurde schwach durch die Digitaluhr des Mikrowellenherds erleuchtet. Dann sah er ihn auf der Anrichte liegen: Den Regenschirm, den Marlene immer mit zur Kirche nahm. Er griff ihn mit seiner schwitzigen Hand und pirschte sich durch den dunklen Flur zurück, bis er direkt hinter der Haustür stand. Der obere Teil der Tür bestand aus dickem Milchglas, sodass er eine große Person erkennen konnte, die sich im schwachen Licht, das die Straßenlaterne herüberwarf, in gebückter Haltung an der Haustür zu schaffen machte. Wieder hörte er ein leises Fluchen. Wills Herz raste. Er versuchte, sich zu beruhigen. Er wusste, dass er nur eine Chance hatte. Und zwar, indem er den Überraschungseffekt nutzte. Er musste die Tür aufreißen und in dem Moment, in dem Pluto aufsah, musste er ihn mit dem Regenschirm niederschlagen. Er hatte eine gewisse Übung darin, denn hin und wieder hatte er auf diese Weise bei Heimspielen des SV Saffelen Schiedsrichter niedergestreckt, die Fehlentscheidungen gefällt hatten. Will war nun mal ein Gerechtigkeitsfanatiker. Aber würde das auch bei einem Verbrecher wie Pluto funktionieren? Pluto war ganz sicher aus einem anderen Holz geschnitzt als die Pfeifen vom Fußballplatz. Wenn man allein an die schlimme Kopfwunde denkt, die er Theo Eidams zugefügt hatte, schoss es Will durch den Kopf. Ausgerechnet dem lammfrommen Theo Eidams. Dem Mann, der Gewalt ablehnte, abgesehen von höchstens einem Dutzend Wirtshausschlägereien und einer kleinen Überreaktion beim Streit um einen Lidl-Parkplatz. Theo Eidams war so gesehen schon fast eine Art Gandhi von Saffelen. Trotzig wischte Will die Zweifel beiseite, schließlich hatte er keine andere Wahl. Er wusste: Die Polizei konnte in frühestens 40 Minuten hier sein, also war er auf sich allein gestellt.

Die Sekunden verrannen, ohne dass Will den Mut fand, in Aktion zu treten. Plötzlich verstummte das Kratzen und Pluto richtete sich auf. Verdammt, durchzuckte es Will. Er hat das Schloss geöffnet. Schnell schickte er ein kurzes „Ave Maria" zum Himmel, riss ruckartig die Tür auf, atmete tief ein und holte entschlossen mit dem Schirm aus. Und dann war es auch schon vorbei.

Paralysiert hielt Will inne und ließ den Arm sinken. Vor ihm stand ein völlig überraschter Richard Borowka, der seinen Haustürschlüssel in der Hand hielt und Will mit glasigen Augen ansah. „Hallo Will, was machst du denn bei uns?"

Will spürte, wie sich Wut in ihm breit machte. Das angesammelte Adrenalin bahnte sich seinen Weg. Er brüllte ihm ins Gesicht: „Sag mal, hast du sie noch alle, Richard? Weißt du eigentlich, wie spät es ist?"

Eine Zimmertür im ersten Stock öffnete sich. Marlene rief verschlafen herunter: „Will? Was ist denn los? Weißt du eigentlich, wie spät es ist?"

Während Borowka sich noch sammelte, antwortete Will nach oben: „Das ist dieser bekloppte Borowka. Der hat schon wieder unser Haus mit sein Haus verwechselt."

„Ich habe es dir schon hundert Mal gesagt. Du musst die Hecke schneiden. Die sieht genauso verwahrlost aus wie denen ihre", schimpfte Marlene. Dann schloss sie geräuschvoll die Schlafzimmertür.

„Warum ich? So eine Unverschämtheit. Die können doch auch ihre Hecke schneiden. Ich ..." Er unterbrach sich und wandte sich wieder an Borowka. „Was reg ich mich überhaupt auf? Das ist doch nicht mein Fehler. Du bist doch zu blöd, für dir die richtige Haustür zu merken. Richard, das ist schon das fünfte Mal in diesem Jahr."

Borowka wiegelte träge ab, als bewege er sich in Zeitlupe. „Reg dich nicht auf, Will. Kommt nicht mehr vor." Er drehte sich um und wankte unsicher zurück zur Straße. Auf dem

Bürgersteig sah er sich kurz nach allen Seiten um und entschied sich dann, nach links weiterzugehen.

Will schloss die Haustür, stellte den Schirm in die Ecke und lehnte sich mit dem Rücken gegen die Wand. Mit der Hand wischte er sich über die schweißnasse Stirn und atmete tief durch. Eines wurde ihm in diesem Augenblick klar. In Saffelen würde erst wieder Ruhe einkehren, wenn Pluto überführt war. Und da die Polizei offensichtlich zu unfähig dazu war, fasste der Ortsvorsteher in diesem Moment einen einsamen Entschluss: Ab sofort ermittelt Hastenraths Will.

10

Sonntag, 11. Mai, 12.17 Uhr

Die Sonne strahlte über Saffelen. Das 800-Seelen-Dorf lag idyllisch in einer Niederung nahe des Saffelbachs, der sich gemächlich Richtung Holland schlängelte. Das Plätschern des kleinen Rinnsals und das Zwitschern der Amseln und Rotkehlchen bildeten das harmonische Hintergrundgeräusch für einen wundervollen Tag. Saffelen war ein typisches Haufendorf, wie man es oft im weitläufigen, rheinischen Hinterland vorfand. Im Laufe der Jahrhunderte waren benachbarte Bauernhöfe und Weiler zu dem kleinen Dorf zusammengewachsen. Der Ortskern hatte sich um die mächtige Kirche spätgotischen Baustils herum gebildet. Eine Bäckerei, eine Metzgerei und ein kleiner Tante-Emma-Laden, der auch als Postannahmestelle diente, erstreckten sich von dort entlang der Hauptstraße. Hinzu kamen mehrere Bauernhöfe, die Eier, Kartoffeln und Äpfel ab Hof verkauften. Doch die traditionellen landwirtschaftlichen Betriebe, die seit Generationen existierten, wurden immer weniger. Nur Wilhelm Hastenrath und Paul-Heinz Brockers betrieben noch Viehwirtschaft. Die restlichen Höfe wurden nur noch als Nebenerwerbsbetrieb geführt. Die „Feierabendbauern“, wie sie im Dorf genannt wurden, beackerten neben ihrem Hauptberuf die umliegenden Felder, von denen es sehr viele gab. Die meisten Einwohner von Saffelen waren gut situiert. Ihren Wohlstand hatten viele der unmittelbaren Grenznähe zu Holland und einer gut erschlossenen und schwer zu kontrollierenden ehemaligen Schmugglerroute zu verdanken. Am Ende der Pastor-Müllerchen-Straße, die noch in den fünfziger Jahren des letzten Jahrhunderts lediglich aus dem Hof der Urahnen von Paul-Heinz Brockers bestand, hatte sich mittlerweile sogar ein kleines Neubaugebiet entwickelt, das einige Städter mit seinen niedrigen Grundstückspreisen und seiner unverstellten Natur anlockte. Gemeinsam mit der Pfarre St. Ambrosius Saffelen bildeten die schräg gegenüberliegende Gaststätte Harry Aretz und der hinter dem Pfarrsälchen befindliche Fußball-Aschenplatz das kulturelle Zentrum der kleinen Ortschaft, wo die Bevölkerung sich traf und Neuigkeiten austauschte. Nicht weit entfernt davon lagen der Kindergarten und der Friedhof, nur durch einen kleinen Jägerzaun voneinander getrennt und überragt vom Altenheim „Haus Gnadenbrot“, das in einem ehemaligen Kloster untergebracht war und seinen Bewohnern einen herrlichen Blick auf das mit unzähligen Trauerweiden bewaldete Friedhofsgelände gestattete.

Inmitten dieses Ensembles der wichtigsten Saffelener Institutionen erstreckte sich eine sorgsam gepflegte bistumseigene Rasenfläche, die bei diversen Feierlichkeiten genutzt wurde. Beim dreitägigen Schützenfest im Juni sowie in der Karnevalssaison wurde hier ein Zelt gelegt, ansonsten fanden die Feste meist unter freiem Himmel statt. So wie auch an diesem sonnigen 11. Mai. Der Duft gegrillter Bratwürste, pudergezuckerten

Kuchens und frisch gezapften Biers lag in der Luft. Die Kinder spielten fangen und die Erwachsenen flanierten über das Pfarrfest, dessen liebevoll geschmückte Stände sich um den mächtigen Maibaum herumgruppiert hatten.

Hastenraths Will lehnte am Stamm der großen Birke, die am Rande der Kirchenmauer Schatten spendete. Er hatte kaum geschlafen. Zu sehr hatten ihn die Geschehnisse der letzten Wochen aufgewühlt. Als Heribert Oellers mit seiner eingehakten Ehefrau vorbeistolzierte, winkte Will ihn zu sich. Oellers trug wie immer, wenn er zu offiziellen Anlässen unterwegs war, einen schlecht sitzenden, zerknitterten dunkelblauen Anzug, unter dem sich sein weißes Hemd bedrohlich wölbte. Die Krawatte war nachlässig gebunden und seine Fingernägel waren wie üblich ölverschmiert. Als er Will winken sah, schob er seine Frau, die sich erheblich in Schale geworfen hatte, von sich und sagte: „Irene, geh schon mal vor nach der Bierpavillon und bestell bei der Harry ein Pils und ein Korn für mich. Ich komm sofort nach. Ich muss nur noch kurz mit der Will reden.“ Eher widerwillig ging sie vor, nicht ohne Will noch einen geringschätzigen Blick über die Schulter zuzuwerfen. Oellers schüttelte Will weltmännisch die Hand. „Will!“

„Heribert!“

Oellers sah sich um. „Ich denke, man kann zufrieden sein mit dem Pfarrfest, oder?“

„Auf jeden Fall, Heribert. Das ist schon toll, was wir hier mit vereinte Kräfte hingerichtet haben. Aber ich wollte mit dir über was anderes drüber reden. Ich habe ein paar Erkundigungen zum Fall ‚Pluto‘ eingezogen. Da gibt es so ein paar Ungereimtheiten. Heute morgen um sechs habe ich mal der

Polizeikommissar in Heinsberg angerufen, der die Einbrüche bearbeitet. Kommissar Kleinheinz. Marlene hatte dem seine Handy-Nummer, weil die mit dem seine Frau in die Sauna geht."

Oellers wurde neugierig. „Und? Was hat er gesagt?"

„Der hat gesagt: Was fällt Ihnen ein, mich in aller Herrgottsfrühe anzurufen!"

Oellers nickte. „Verstehe. Und was hat er zu den Einbrüchen gesagt?"

Will sah sich verschwörerisch um. Seine Stimme wurde zu einem Flüstern: „Also: Es gab bisher vier Einbrüche. Alle vier Einbrüche sind auf die gleiche Art und Weise durchgeführt worden. Jedes Mal ist Pluto durch die Haustür eingestiegen. Jedes Mal wurde die Tür fachmännisch mit ein Dietrich geöffnet. Zuerst bei die Witwe von Gerhard Geiser, dann bei Geiser Hans-Willi, das ist der Vetter von Gerhard, dann in der Wohnung von Spargel, hier der Jung aus der Fußballreserve, und zum Schluss bei Theo Eidams. Jetzt pass auf: Nirgendswo ist etwas gestohlen worden, außer bei Spargel. Hier bei der ..., ach, jetzt habe ich wieder vergessen, wie der Spargel richtig heißt. Auf jeden Fall ist bei dem jede Menge gestohlen worden. Der Kommissar meinte, wahrscheinlich Gegenstände im Wert von 12.000 Euro. Das müssten die aber noch prüfen."

Oellers rieb sich das Kinn. „Also, für mich sind das alles ganz unterschiedliche Einbrüche. Wahrscheinlich purer Zufall."

„Das glaube ich nicht. Alle Opfer haben etwas gemeinsam. Überleg doch mal. Sie stammen alle aus dem Umfeld von Gerhard Geiser. Die Witwe, ist klar. Vetter Hans-Willi ist auch klar. Und Eidams Theo ist mit Gerhards einzigste Schwester verheiratet. Das ist der Schwager von Gerhard."

„Und Spargel?“

„Das ist der große Unbekannte.“ Will verschränkte die Arme vor der Brust. „Ich dachte, du kennst dem vielleicht näher.“

„Das nicht“, sagte Oellers, „aber ich weiß, wer uns da helfen kann.“ Heribert Oellers hatte in dem Menschenpulk vor dem Bierpavillon nämlich einen seiner Mitarbeiter aus der Werkstatt entdeckt: Richard Borowka. Richard stand inmitten einer kleinen Gruppe und erzählte heftig gestikulierend eine Geschichte, die ganz offenbar lustig war, denn die Umstehenden, abgesehen von Fredi Jaspers, der bedrückt wirkte, lachten unentwegt. Heribert Oellers brüllte quer über das Pfarrfest: „Borowka!“ Einige der Besucher zuckten zusammen und sahen sich kopfschüttelnd um. Als Borowka seinen Chef erkannte, entschuldigte er sich kurz bei den anderen und kam schnell zur großen Birke gelaufen.

„Hallo Chef“, sagte er, leicht außer Atem. Er bemerkte Will. „Morgen Will, noch mal tschuldigung wegen letzte Nacht. Ich ...“ Will machte eine wegwerfende Handbewegung, was wohl so viel bedeuten sollte wie „Schwamm drüber“.

Oellers kam direkt zur Sache: „Richard, du kennst doch der Spargel vom Fußball?“ Borowka nickte eifrig. „Was ist das genau für ein Typ? Und vor allen Dingen, wie heißt der noch mal in echt?“

Borowka überlegte kurz. „Also, der Spargel ist im Prinzip schwer in Ordnung. Der wohnt auf der Pastor-Müllerchen-Straße. Der kriegt seit Jahren keine Frau ab. Der ist seit ein halbes Jahr arbeitslos. Der heißt ... ja, wie heißt der eigentlich in echt? Ach so, ja. Der heißt Udo Mertens. Das ist der Sohn von Gerhard Geiser seine einzigste Tochter. Hier die Elisabeth, die vor zehn Jahre wegen der große Streit mit der Gerhard nach Aachen weggezogen ist. Der Spargel ist also quasi im Prinzip der Enkelsohn von Gerhard."

Will und Oellers sahen sich an. Will wirkte nachdenklich. „Hab ich's doch gewusst", murmelte er besorgt.

Plötzlich wurde Borowka unruhig. „He Leute, ich muss los. Da ist Gefahr im Anzug." Er deutete auf ein junges Pärchen, das eng umschlungen auf das Pfarrfestgelände zusteuerte. Martina und ihr neuer Freund Sascha. Im selben Augenblick war Borowka auch schon wieder verschwunden.

Auch Heribert Oellers war mit einem Mal abgelenkt. Er schien ebenfalls jemanden erblickt zu haben, der ihn äußerst nervös machte. Er verabschiedete sich hastig von Will und ging auf zwei Männer zu, die sich gerade an einem der Biertische gegenseitig mit Jägermeister zuprosteten. Der eine war groß, kräftig und behaart, der andere ein eher athletischer Typ. Will hatte die beiden noch nie gesehen.

Josef Jackels stand, bekleidet mit Helm, Uniform und einer umgebundenen Schürze voller Stolz am großen Schwenkgrill. Mit großer Sorgfalt schälte er halb aufgetaute Würstchen aus einer Plastikhülle und legte sie mit einer Zange fein säuberlich nebeneinander auf den Grill.

„Guten Morgen, Josef." Will war an den Grillstand getreten.

„Ach Will", sagte Josef hocherfreut, „ich hab dich gar nicht kommen sehen. Die Würste sind gleich fertig."

„Schöne Grillzange, die du da hast."

„Das ist die original Tim-Mälzer-Grillzange." Josef hielt sie stolz in die Luft. Das Chrom blitzte in der Sonne, „Die habe ich vom Grillclub zum Jubiläum geschenkt bekommen. Ich bin da ja seit 40 Jahren Vorstandsvorsitzender."

„Ich weiß." Will wechselte vom saloppen in einen ernsten Tonfall: „Josef, ich brauche deine Hilfe. Du und deine Frau Billa, ihr wisst doch immer alles, was hier im Dorf so läuft. Sag doch mal, was der Spargel für einer ist."

Josef war sichtlich geschmeichelt. Er beugte sich über den Biertisch, der als improvisierte Theke diente, zu Will herüber und wechselte unwillkürlich ebenfalls in einen ernsten, fast flüsternden Tonfall.

„Danke Will. Also, der Spargel ist eigentlich ein ganz netter Jung. Aber der hat es nicht leicht. Der hat noch nie eine Freundin gehabt. Der ist arbeitslos. Und der ist der Enkel von Gerhard Geiser."

Will war entrüstet. „Was soll das denn heißen? Der hat es nicht leicht, der ist der Enkel von Gerhard Geiser. Mit Gerhard Geiser verwandt zu sein, ist eine Ehre. Was dieser Mann für Saffelen geleistet hat, das ist ..."

„Beruhig dich, Will. Ich mein ja gerade wegen die großen Fußabdrücke, die der Gerhard hinterlassen hat. Das ist nicht leicht, wenn alle erwarten, dass man mit seine Schuhe da reinpasst. Du weißt, Gerhard Geiser war in den fünfziger Jahren der beste Fußballer der ganzen Region. Und Spargel? Der ist Ersatzspieler in der Saffelener Reserve. Weißt du, was das bedeutet, Ersatzspieler in so eine Mannschaft zu sein? Aber der Gerhard war auch nicht ohne, das weißt du genauso gut wie ich. Auch wenn du nix auf dem kommen lässt, der hat sich seine Familie gegenüber auch nicht immer richtig verhalten. Der hat in sein Testament sogar reinschreiben lassen, dass der Spargel nie irgendswas erben darf. Wegen, weil der ein schwarzes Schaf ist.“

Will schüttelte den Kopf. „Blödsinn. Der Gerhard war einfach nur ein Mann mit Prinzipien. Hart aber fair. Aber was anderes. Wer sind denn eigentlich die beiden komischen Männer, mit denen Heribert Oellers da hinten am rumdiskutieren ist?“

Josef sah hinüber zu den Biertisch-Garnituren. Heribert Oellers hatte beide Arme in die Hüften gestemmt und redete mit hochrotem Kopf auf zwei dunkel gekleidete Männer ein, die sich unter seinem Redeschwall geradezu wegzuducken schienen.

„Ach die. Das sind Hermann und Frantizek. Zwei sehr gute Schwarzarbeiter aus Erfurt. Die mauern dem Heribert der neue Anbau am Autohaus. Die sind bestimmt schon seit drei Wochen hier. Der Heribert hat denen bei sich im Heizungskeller zwei Betten reingestellt, wo die solange wohnen. Die arbeiten für vier Euro die Stunde. Wenn die rechtzeitig fertig werden, machen die bei mir noch der Garten.“

„Ach so“, sagte Will, „na ja, ich dachte, ich frag mal. Ich konnte ja nicht ahnen, dass das so ehrbare Leute sind.“

Will ließ den Blick weiter über das Pfarrfest schweifen. Vorbei am Bierpavillon von Harry Aretz, vorbei am Kuchenstand, hinter dem seine Frau Marlene und Billa Jackels lauthals miteinander schnatterten, bis hin zum Luftballonstand. Dort stand ein junges Paar: Martina Wimmers und ihr neuer Freund aus der Stadt. Der junge Mann, der aus der Ferne in seinem modischen Jackett wie ein Filmstar wirkte, kaufte Martina, die in ihrer roten Bluse eher einem Knallbonbon ähnelte, gerade ein Lebkuchenherz und überreichte es ihr, indem er spaßhaft vor ihr auf die Knie ging. Martina kicherte und strich sich verlegen die braunen Locken hinters Ohr.

Ohne den Blick abzuwenden, fragte Will: „Was muss man über Martina ihr neuer Freund wissen?"

„Ach, der Sascha." Auch Josef beobachtete nun die anrührende Szene. Sascha küsste Martina gerade die Hand, als wäre er beim Wiener Opernball. Martina errötete.

„Die Billa hatte dem letzte Woche beim Bäcker getroffen, wie der für Martina ein Liebes-Berliner am kaufen war. Da hat die dem mal zusammen mit die Verkäuferin über dem seine Verhältnisse befragt. Der hat eine große Schlosserei mit viele Angestellte in Mönchengladbach, hat er gesagt. Aber Saffelen fände er auch ganz toll. Vor allem wegen die vielen attraktiven Frauen. Billa war ganz hingerissen von dem. Der fährt sogar ein Audi A8."

Will zog die Augenbrauen hoch und stieß einen leisen Pfiff aus: „Nicht schlecht. Aber so ist das, Geld findet zusammen. Die Wimmers haben ja auch einiges an den Füßen. Wusstest du, dass der alte Wimmers mit seine Wurstfabrik demnächst sogar an die Börse gehen will? Dann haben die ja auch noch mehrere Mietshäuser und sogar ein Bungalow auf Mallorca. Ich meine, die Martina sieht zwar nicht gerade aus wie Heidi Klump, aber sie ist ja schon eine Nette."

„Apropos Geld, Will. Was bekommst du eigentlich dafür, dass du mich letztens die sechs Tannen mit dein Frontlader rausgerissen hast?"

Will spielte den Empörten: „Josef, ich bitte dich. Das habe ich doch gern gemacht. Mehr als fünfzig Euro würde ich da nicht für nehmen. Sag mal, Josef. Bist du morgen zu Hause? Ich würde gerne mal in Ruhe ein paar Ermittlungsergebnisse mit dir besprechen."

Josef war erfreut. „Gerne, Will. Aber morgen ist schlecht. Ich bin von morgen früh bis übermorgen auf ein Feuerwehrlehrgang in Bad Neuenahr: ‚Das C-Rohr im Wandel der Zeit.' Ich bin schon ganz aufgeregt. Sonst komm doch am Dienstagnachmittag vorbei, wenn ich wieder da bin. Am besten so gegen 18 Uhr. Dann ist die Billa beim Treffen von die Weight Watchers. Die haben nachträglich Weihnachtsfeier im Spanferkelhaus."

11

Sonntag, 11. Mai, 12.28 Uhr

„Jägermeister ist beste Erfindung von Deutschland.“ Wie um das zu bestätigen, verleibte sich Frantisek bereits den achten an diesem Tag ein. Hermann lachte und deutete Maurice, der mit einer ledernen Kellnerschürze am Pavillon stand, mit zwei abgespreizten Fingern an, dass er Nachschub an den Biertisch bringen möge, obwohl die starke Sonne ihn schon deutlich den Alkohol spüren ließ. Egal, heute hatten sie sich frei gegeben. So wie es aussah, würde der Anbau bis zum Ende der Woche fertig werden und sie könnten rechtzeitig in Frankfurt sein. Dort war eine Arztpraxis zu fliesen. Hermann dachte an die vergangenen drei Wochen. Im Großen und Ganzen hatten sie es gut angetroffen bei diesem Autohändler. Gut, er war nicht übermäßig freundlich, aber er zahlte pünktlich. Außerdem versorgte er sie mit Getränken und seine Frau konnte sehr gut kochen. Und selbst im Heizungskeller hatte er es ihnen einigermaßen gemütlich eingerichtet. Es gab ein Transistorradio und jeder hatte ein eigenes Klappbett. Außerdem gab es noch einen Extraraum mit einem abgewetzten Sofa, einem Fernseher und einer kleinen Nasszelle im Haus, den sie nutzen konnten, um sich frisch zu machen. Es gab also weiß Gott schlimmere Jobs.

Die Arbeit lag ihm und er schlief meistens gut durch, es sei denn, die Ölheizung sprang mal wieder mitten in der Nacht an und bollerte los. Plötzlich fiel ihm etwas ein.

„Sag mal, Frantisek. Ich bin jetzt schon ein paarmal nachts wach geworden und du warst nicht da. Hast du hier in Saffelen etwa eine hübsche Frau kennengelernt?"

Frantisek nahm Maurice die beiden Jägermeister vom Tablett und nickte ihm abwesend zu. Dann schob er Hermann ein Glas rüber und setzte sich seinen Jägermeister an die Lippen. Bevor er trank, sagte er: „Was du reden? Guck dich doch mal um. Siehst du hier hübsche Frau?"

Hermann blickte sich um und schüttelte lachend den Kopf.

Frantisek trank das Glas auf ex und wischte sich zufrieden den Mund ab. „Ich hab leichter Schlaf. Außerdem du schnarchst. Ich geh schon mal nachts spazieren in Dorf."

Hermann stutzte: „Spazieren? Du? Hier?" Dabei machte er eine ausladende Geste und zeigte in Richtung Kirchturm. Schlagartig wurde ihm mulmig. Er sah Heribert Oellers mit zornesrotem Gesicht und energischen Schritten auf sich zustapfen. „Oho, jetzt gibt's Ärger." Noch bevor Frantisek aufsehen konnte, stand der Autohausbesitzer schon vor ihnen. Er stemmte die Hände in die Hüften, beugte sich leicht vor und fuhr sie an, allerdings mit stark gedämpfter Stimme, damit die Umstehenden nichts mitbekamen.

„Seid ihr von allen guten Geistern verlassen? Was macht ihr hier? Warum hängt ihr euch nicht noch Schilder um, wo draufsteht: ‚Wir arbeiten schwarz bei Heribert Oellers'? Ihr geht jetzt sofort zurück nach dem Betrieb. Meinetwegen könnt ihr bei euch im Extrazimmer noch was Fernseh gucken, bis ich zurückkomm, aber in drei Sekunden seid ihr hier verschwunden."

Beide nickten schuldbewusst. Hermann zog ein Portemonnaie, das an einer Kette befestigt war, aus seiner Gesäßtasche. Oellers winkte ab. „Lass stecken. Ich bezahl der Quatsch hier. Macht, dass ihr Land gewinnt."

Schnell erhoben sich die beiden und verließen mit gesenkten Köpfen eilig das Pfarrfestgelände. Als sie außer Reichweite waren, fragte Frantisek: „Was für Land wir gewonnen?"

Hermann sah ihn böse an. „Halt die Klappe."

Als sie am Schild „Gewerbegebiet Saffelen" angekommen waren, bog Hermann links ab in Richtung Autohaus Oellers, dem Unternehmen, aus dem streng genommen das Gewerbegebiet bestand. Jedenfalls, seit die Dachdeckerei Pangels im vergangenen Jahr Konkurs anmelden musste und Wurst Wimmers den größten Teil seiner Produktionsstätten an verkehrstechnisch günstiger gelegene Standorte verlegt hatte.

Frantisek blieb stehen. Er rief Hermann hinterher: „Hermann, ich noch kurz was spazieren in Dorf. Ich komme nach."

Hermann sah sich im Gehen um und zeigte ihm einen Vogel. „Mach doch was du willst. Aber lass dich nicht erwischen."

Frantisek blieb alleine zurück. Er grinste: „Ich mich noch nie erwischen lassen."

12

Sonntag, 11. Mai, 12.32 Uhr

Sie hatte ihre Lieblingsohrringe angelegt und extra für diesen besonderen Tag eine neue, rote Bluse gekauft mit einem für ihre Verhältnisse sehr gewagten Dekolleté. All das war ihm aufgefallen, als er sie zu Hause abgeholt hatte. Er hatte ihr die Beifahrertür seines Audi A8 aufgehalten, ihren Duft eingesogen und mit einem süßen italienischen Akzent gesagt: „Tosca – ich liebe Tosca." Das alles wäre Fredi früher niemals aufgefallen. Selbst wenn sie im durchsichtigen Negligé vor ihm gestanden hätte, hätte er sie nur nach der Fernsehzeitung gefragt. Das vermutete sie jedenfalls. Sie hatte sich ja nie im durchsichtigen Negligé vor Fredi gestellt. Damals wäre ihr das zu peinlich gewesen. Bei Sascha jedoch war das anders. Er hatte die Frau in ihr geweckt. Er machte ihr Komplimente für ihren Geschmack, für ihr Aussehen, ja sogar für ihre anmutigen Bewegungen, wenn sie den Müll rausbrachte. Sascha war ein Gentleman, wie sie das bisher nur von Videokassetten kannte. So wie Patrick Swayze in „Pretty Woman". Und er sah noch dazu umwerfend aus. Sein volles, dunkles Haar, das er sich so kunstvoll aus der Stirn gelte. Seine noch dunkleren Augen, die sie zu durchdringen schienen, wann immer er sie ansah. All das elektrisierte sie.

Sie kannten sich erst seit vier Wochen, aber schon der Moment, in dem sie sich zum ersten Mal trafen, war wie Magie gewesen – damals an diesem späten Samstagabend auf der Ü-30-Party in Oberbruch. Er hatte sich im Flur übergeben, sie hatte ihm aufgeholfen. Und dann hatten sich ihre Blicke getroffen. Sie war mit ihm an die frische Luft gegangen und sie hatten miteinander gesprochen. Seine Freunde, mit denen er aus Jux extra aus Mönchengladbach aufs Land gekommen war, hatten ihn allein zurückgelassen. Zuerst hatte er so schnell wie möglich nach Hause gewollt, doch als er kein Taxi bekommen hatte, hatten sie sich einfach weiter unterhalten. Und plötzlich hatte er sich auch für sie interessiert, für die durchschnittliche Martina Wimmers aus Saffelen. Sie hatte ihm alles erzählt. Dass sie die große weite Welt kennenlernen wollte, dass sie Tiere liebte, dass sie auf dem Büro in der Wurstfabrik Wimmers arbeitete, jener Wurstfabrik, die ihrem Vater gehörte und die sogar Lidl und Real mit Wurst belieferte. Alles hatte sie ihm in dieser Nacht erzählt und auch er hatte sich ihr nach anfänglichem Zögern geöffnet. Doch dann war er ganz ehrlich gewesen und hatte nichts ausgelassen. Mit stockender Stimme hatte er von seiner schweren Kindheit erzählt, den entbehrungsreichen Jahren in der Fremdenlegion, die ihn in aller Herren Länder geführt hatten und von seiner Firma, die er mit nichts als mit seinen Visionen zum Erfolg geführt hatte. Dann hatten sie sich leidenschaftlich geküsst. Und wäre ihm danach nicht wieder schlecht geworden, wäre vielleicht schon in dieser ersten Nacht viel mehr passiert. Sie war ohnehin längst bereit dazu, doch er wollte alles erst mal langsam angehen lassen. Zu sehr litt er noch darunter, dass ihm vor vielen Jahren bei einem Einsatz als Entwicklungshelfer in Burundi eine Frau das Herz gebrochen hatte. So sehr die Erregung sie ergriffen hatte, sie würde warten, bis seine Wunden verheilt waren. Sie hatte alle Zeit der Welt, schließlich würde sie den Rest ihres Lebens an seiner Seite verbringen.

Jäh wurde sie aus ihren Tagträumen gerissen, als Billa Jackels sie fröhlich fragte: „Wie immer doppelt Sahne auf der Apfelkuchen, Martina?"

Martina sah verlegen zu Sascha auf, dem eine Locke verspielt in die Stirn gefallen war. Sascha lächelte sie gütig an und sagte zu Billa: „Natürlich mit Sahne. Ich liebe jedes Pfund an dieser wunderschönen Frau."

Martina errötete und auch Billa blickte verschämt zu Boden. Dann sagte sie: „Mit Sie hat die Martina aber Glück gehabt. Sie sind ein feiner Kerl. Nehmen Sie auch ein Stück?"

„Nein danke. Ich muss heute Abend noch trainieren – für den Berlin-Marathon."

Martina nahm den Pappteller entgegen und Sascha reichte Billa zwei Euro: „Stimmt so." Dann ergriff er Martinas Hand und schaute sich um. „Lass uns zu der Birke gehen. Da setzen wir uns ins Gras. Das ist romantischer." Martina strahlte.

Plötzlich hörten sie hinter sich eine Stimme: „Na Arschloch." Sie drehten sich um. Eine Handbreit entfernt stand Fredi Jaspers, puterrot vor Zorn. Mit bösem Blick fixierte er Sascha. Er musste zu ihm aufsehen, da er gute zehn Zentimeter kleiner war als der Modellathlet mit den breiten Schultern.

Martina war entsetzt: „Fredi, bitte."

Sascha schob sie sanft beiseite: „Lass mich nur machen, Schatz. Ich regel das."

„Ja, du bist der große Regler“, blaffte Fredi ihn an, „meinst, du könntest hier auf dicke Hose machen. Aber da hast du dich der Falsche ausgesucht. Ich werde dir ...“ Fredi hatte sich so sehr in Rage geredet, dass er den Schlag gar nicht kommen sah. Ansatzlos und ohne mit der Wimper zu zucken, hatte Sascha zugeschlagen. Ein brutaler rechter Haken mitten auf die Nase von Fredi. Fredi kippte nach hinten wie ein gefällter Baum. Als er sich mühsam im Sitzen wieder aufrichtete, verteilte sich Blut auf seinem Jeanshemd. Es lief aus seiner Nase, die sich anfühlte, als wäre er damit gegen einen fahrenden D-Zug gelaufen. Überrascht sah er auf. „Die ist gebrochen.“ Dann fiel er benommen ins Gras zurück.

Sascha stand vor ihm wie ein Kickboxer, bereit zum letzten vernichtenden Schlag. Seine Augen funkelten böse und seine Stimme war kälter als Eis: „Wenn du uns nicht in Ruhe lässt, dann wird deine jämmerliche Nase nicht das einzige sein, was ich dir breche. Du elender Dorfdepp.“

Martina war entsetzt. Sie hatte die Hände vors Gesicht geschlagen und wollte schreien, doch es kam kein Ton heraus.

Mittlerweile waren einige Leute aufmerksam geworden und kamen dazu. Das freundliche Lächeln kehrte in Saschas Gesicht zurück, als er sich beschwichtigend an die Schaulustigen wandte: „Kleine Meinungsverschiedenheit.“ Im selben Augenblick bekam er keine Luft mehr. Etwas schnürte ihm die Kehle zu. Es war die linke Hand von Richard Borowka, die ihn gewaltsam hochriss.

Richard Borowka war gerade auf dem Rückweg vom Biermarkenkaufen gewesen, als Rita mit blankem Entsetzen im

Gesicht zum Kuchenstand gezeigt hatte. Er hatte nur noch gesehen, wie Fredi schwer getroffen zu Boden ging und war sofort losgelaufen. Jetzt hatte er diesen schmierigen Sascha fest im Griff. Seine Wut verlieh ihm übermenschliche Kräfte. Er hob ihn in die Höhe, sodass dessen Wildleder-Slipper kurzzeitig sogar die Bodenhaftung verloren. „Sag auf Wiedersehen zu deine Zähne. Kein Mensch packt mein Kumpel ungestraft an. Ich mach Hackfleisch aus dir, dann kann Martina ihr Vater dich wenigstens noch für seine Wurstmaschine gebrauchen!“ Borowka holte aus und schlug ihm mit voller Wucht in den Magen. Dann ließ er ihn fallen wie einen Sack Kartoffeln. Sascha kam hart auf und krümmte sich stöhnend am Boden. Verzweifelt rang er nach Luft.

Mittlerweile waren auch alle anderen Besucher zum Schauplatz des Geschehens gekommen. Während Josef sich um den angeschlagenen Fredi kümmerte, hielten Hastenraths Will, Heribert Oellers und Rita mit vereinten Kräften den wütenden Borowka zurück und redeten beruhigend auf ihn ein.

Martina half Sascha auf die Beine und zog ihn auf die Seite. „Geht’s dir gut, Schatz? Komm, lass uns gehen. Das sind doch alles Idioten. Vor allem der Fredi und dem sein bescheuerter Freund.“

Sascha hustete und rappelte sich langsam hoch. Dann schlug er den Staub von seinem Jackett und folgte Martina zum Parkplatz.

Als sie vor dem Audi A8 standen, brach Martina in Tränen aus. Sascha umschloss sie mit seinen Armen und versuchte sie zu trösten: „Schatz, das kann doch mal passieren. Die Hauptsache ist doch, dass wir zwei uns haben, oder?“

Martina nickte schluchzend und drückte ihr Gesicht fest an seine Brust. Er spürte, wie sie ihm das Bruno-Banani-Jackett vollschniefte, bemühte sich aber, sich seinen Ärger darüber nicht anmerken zu lassen. Überhaupt war er stinksauer darüber, dass er sich von diesen Halbaffen hatte demütigen lassen. Dieses ganze verdammte Kaff kotzte ihn an. Aber das würde bald ein Ende haben. Sehr bald schon würde er am Ziel sein. Das wusste er.

Er schob Martina sanft von sich und sah ihr tief in die Augen. Dann gab er ihr seinen Autoschlüssel. Sie sah ihn fragend an.

„Fahr doch bitte schon mit dem Wagen nach Hause. Ich komme gleich zu Fuß nach. Nach der ganzen Aufregung muss ich noch etwas frische Luft schnappen."

Sie blickte erst auf den Schlüssel, dann auf ihn. Mit dem Handrücken wischte sie sich die letzte Träne aus dem Augenwinkel. „Ich darf mit dein Audi A8 fahren?"

„Was ist denn schon ein Audi A8 gegen die schönste Frau der ... von Saffelen?"

Martina seufzte glücklich und gab ihm einen Kuss auf die Wange. Dann setzte sie sich ans Steuer und lenkte den Wagen vorsichtig aus der Parklücke. Er winkte ihr lächelnd hinterher, als sie davonfuhr. „Ein Dorf voller Idioten", dachte er. Dann ging er wütend los.

13

Sonntag, 11. Mai, 19.48 Uhr

Schwül und drückend lag die Luft wie eine Honigschicht über dem Dorf. Träge ging ein herrlicher Tag zu Ende. Das Pfarrfest war ein voller Erfolg gewesen. Marlene Hastenrath und Billa Jackels zählten gemeinsam die Einnahmen aus dem Kuchenverkauf, der nach ersten Hochrechnungen die des Vorjahres noch übertroffen hatte. Die Prozedur zog sich etwas hin, da sie sich ständig verzählten, was ihrer guten Laune jedoch keinen Abbruch tat. Harry Aretz hatte seine Kellner nach Hause geschickt und wischte erschöpft, aber zufrieden die Theke seines Pavillons. Will half Josef dabei, den Grillstand abzubauen. Während sie gemeinsam den Biertisch zusammenklappten, sinnierte Josef laut vor sich hin: „Das war wieder ein tolles Pfarrfest. Wenn die ganze Welt so zusammenhalten würde wie die Dorfgemeinschaft Saffelen, dann gäbe es keine Kriege auf der Welt – höchstens mal 'ne Schlägerei. Oder, Will? ... Will?“

Will war in Gedanken. Er schaute auf. „Was? Ja natürlich, Josef. Tut mir leid, ich war gerade was am überlegen. Mir geht die ganze Zeit der Kriminalfall nicht aus der Kopf. Es muss irgendsein Zusammenhang geben zwischen die ganzen

Einbrüche. Irgendswas sucht dieser Pluto. Auf jeden Fall hat er es noch nicht gefunden, denn nirgendswo wurde was gestohlen."

„Außer bei der Spargel", wandte Josef ein.

„Das ist richtig. Aber trotzdem glaube ich, dass der noch nicht gefunden hat, was der sucht. Weil – nachdem der bei Spargel eingebrochen ist, hat der es noch bei Eidams Theo versucht. Und da hat er wieder nichts gestohlen."

„Vielleicht, weil der Theo dem überrascht hat."

„Könnte sein. Aber der hat dem Theo ja auch bewusstlos gehauen. Und wer so skrupellos ist, der hat auch kein Problem damit, danach in Ruhe weiterzusuchen. Nein, Josef, ich bin mir sicher, Pluto hat noch nicht gefunden, wonach der sucht. Und das kann nur eins bedeuten ..."

„... dass der Lupo nachtblind ist."

„Quatsch. Das kann nur bedeuten, dass er noch so lange weitermacht mit die Einbrüche, bis der am Ziel ist. Was auch immer dem sein Ziel ist."

„Das glaube ich nicht", Josef schüttelte energisch den Kopf, „irgendswann vergeht dem die Lust. Das ist normal. Unser Enkelkind, die Tamara-Vanessa, die hat, als die fünf war, jeden Tag 20 bis 30 Schnickers-Schokoriegel gegessen. Aber irgendswann ... "

Plötzlich erblickte Will Fine Mobers, die wild gestikulierend über die Wiese auf sie zugelaufen kam. Sie trug noch ihre weiße Pflegerinnenuniform. Fine war die Ehefrau von Polierlegende Paul-Heinz Mobers. Sie arbeitete als Pflegerin im Saffelener Altenheim. Und aus genau dieser Richtung rollte sie nun wie eine Dampfwalze im ersten Gang heran.

Als sie vor Will zum Stehen kam, beugte sie sich vornüber und schnappte nach Luft wie ein Fisch auf dem Trockenen. Sie war so sehr außer Atem, dass sie nicht sprechen konnte.

„Was ist los, Fine?“, fragte Will ungeduldig.

„Soll ich dir ein Glas Wasser holen?“, bot Josef an. Fine schaute kurz hoch, schnaubte und beugte sich wieder leicht nach vorne. Sie hustete heiser. Dann versuchte sie, ruhiger zu atmen. Aber nur sehr langsam verließen die Worte ihren Mund: „Will ... im ... im ... Altenheim ... da ... da ... ist ...“

Will zog sie an den Schultern hoch und schüttelte sie leicht. „Was ist im Altenheim passiert?“

„Sei nicht so grob, Will“, ermahnte Josef seinen Freund, „sie muss erst mal wieder Luft bekommen. Sie ist die ganzen 200 Meter vom Altenheim bis hierhin gelaufen.“

Fine atmete noch einmal kräftig durch und schnaufte dann: „Im Altenheim ist eingebrochen worden.“

Will hielt inne. „Im Altenheim? Warum im Altenheim? Was ist denn gestohlen worden?“

„Das ist es ja“, japste Fine, „es war alles durchwühlt, aber es ist nichts gestohlen worden. Meinst du, das war Ufo, der Einbrecher?“

„Du meinst Pluto? Ich weiß nicht. Warum sollte er im Altenheim einbrechen? Wo genau hat er denn gesucht?“

„Im Zimmer von Jakob Geiser, dem Bruder von Gerhard.“

Will erstarrte. Josef wunderte sich: „Jakob Geiser? Ja, lebt der denn immer noch? Wie geht es ihm denn, Fine? Bestell ihm auf jeden Fall mal ...“

Will stieß den Feuerwehrmann an. „Überleg doch mal, Josef. Wieder ein Einbruch, wieder im Umfeld von Gerhard

Geiser. Und wieder hat der Täter nichts gefunden. Das bedeutet, er wird wieder zuschlagen. Wir müssen endlich herausfinden, was Pluto sucht. Nur so können wir dem zuvorkommen und dem enttarnen." Er wandte sich noch mal an Fine, die mittlerweile fast wieder auf Normalpuls war: „Habt ihr die Polizei alarmiert?"

„Ja natürlich. Die Pflegedienstleiterin hat da direkt angerufen. Die haben gesagt, die fahren sofort mit Blaulicht los. Die sind in spätestens 38 Minuten da – wenn die gut durchkommen."

Plötzlich verdunkelte sich innerhalb von Sekunden der Himmel. Es donnerte und rumorte. Und aus heiterem Himmel brach ein furchtbares Gewitter über Saffelen herein.

14

Montag, 12. Mai, 13.56 Uhr

„Ortsvorsteher Hajo Hamacher sitzt nach Besuch in Nachtbar in Haft fest.“ Will hielt mit der linken Hand die vor sich auf dem Schoß ausgebreitete Tageszeitung. Ungläubig las er die Schlagzeile. Mit der Rechten rieb er sich die Augen. Das kann doch nicht wahr sein, dachte er. Hajo gehörte zu den ehrenwertesten Männern, die er kannte. Der Ortsvorsteher des Nachbarortes war seit über 40 Jahren verheiratet, hatte zwei Kinder und wählte CDU. Nichts deutete also auf eine Anomalität hin. Erst kürzlich noch hatte Will mit Hajo auf dem Kreis-Ortsvorsteher-Frühschoppen über alte Zeiten erzählt. Dabei war ihm nichts Ungewöhnliches an dem Mann aufgefallen. Im Gegenteil, nachdem das Zwölf-Mann-Gremium das 50-Liter-Fass Starkbier geleert hatte, war Hajo es, der Will in seinem Mercedes bis nach Saffelen mitgenommen hatte. Will schüttelte den Kopf. Noch einmal las er die fett gedruckte Überschrift: „Ortsvorsteher Hajo Hamacher sitzt nach Besuch in Nachtbar in Haft fest.“ Kein Zweifel. Hajo Hamacher war vom gefeierten Politpromi zum gefallenen Engel geworden. Dann stutzte Will. Das dazugehörige Foto passte so gar nicht zum Text. Auf dem Foto lachte ein gut gelaunter, rotbackiger

Ortsvorsteher in die Kamera. Mit der linken Hand hielt er prostend einen überschwappenden Maßkrug voller Bier in die Höhe, die rechte Hand war locker abgelegt auf der ausladenden Hüfte einer Hostess der Spar- und Darlehenskasse. Im Hintergrund wiesen bunte Wimpel, die an einer Leine von einem Laternenmast zum anderen quer über die Straße gespannt waren, auf ein Straßenfest hin. Will las die Überschrift noch einmal, diesmal hoch konzentriert: „Ortsvorsteher Hajo Hamacher beim Besuch des Nachbarschaftsfestes."

Will atmete schwer durch. Kleine Schweißperlen bildeten sich auf seiner Stirn. Obwohl er alleine war, schämte er sich ein wenig dafür, dass er an Hajos Integrität gezweifelt hatte. Was war denn nur los mit ihm? Seit dem Pfarrfest gestern war er fahrig und zerstreut. Er konnte kaum noch einen klaren Gedanken fassen. Der Fall Pluto beschäftigte ihn pausenlos. Auch Marlene war schon aufgefallen, dass er heute morgen beim Frühstück lustlos und gedankenverloren in seinem Stück Schwarzwälder Kirsch herumgestochert hatte. Tausende von Fragen schwirrten in seinem Kopf herum. Fragen, auf die er keine Antwort fand. Was suchte Pluto? Was verband die Einbruchsopfer außer der Verwandtschaft zu Gerhard Geiser? Und wer, verdammt noch mal, war dieser Pluto?

Will wurde jäh aus seinen Gedanken gerissen, als Marlene durch die geschlossene Tür rief: „Brauchst du noch lange? Wenn die Kinder gleich kommen, wollen wir essen."

„Äh ... ja ... nein ... bin gleich soweit", antwortete Will. Ihm fiel auf, dass er es noch nicht einmal bis zur Sportseite geschafft hatte. Er faltete die Tageszeitung zusammen, legte sie auf den Boden und massierte sich mit den Handflächen seine

Schläfen. Da saß er nun in seinem Raum, der ihm normalerweise Ruhe und Entspannung in den hektischen Alltag zauberte. Die vier Quadratmeter große, fensterlose Kammer mit nichts weiter als einem kleinen Waschbecken, einem rustikalen Keramik-Flachspüler und einem knapp unter der niedrigen Decke hängenden Spülkasten, der mit einem an einer Kette herunterbaumelnden Holzgriff betätigt wurde, war seine Privat-Bibliothek. Hierhin zog er sich mindestens zweimal am Tag zurück, las ausgiebig die Tageszeitung, löste Kreuzworträtsel oder ließ einfach seine Gedanken schweifen.

Wills kleine Lieblingstoilette existierte schon zu Zeiten seines Großvaters. Ursprünglich hatte es sich dabei um ein Plumpsklo gehandelt, eine Art Holzschuppen mit einem schlichten, in der Mitte rund ausgesägten Holzbrett über einer dampfenden Sickergrube. Ein kühler, ungemütlicher Ort, den man zu Beginn des 20. Jahrhunderts aufsuchte, indem man das Bauernhaus verließ, denn er lag gute zwanzig Schritte entfernt über den Hof. Im Winter pfiff ein eisiger Wind durch die Ritzen der Bretterwand und man beeilte sich mit dem Aufenthalt. Das war mittlerweile nicht mehr nötig. Nach zahlreichen Umbauarbeiten im Laufe der letzten Jahrzehnte waren Haus und Stallungen sozusagen um das stille Örtchen herumgewachsen, das seinerseits natürlich auch verschiedene technische Neuerungen, wie etwa den Anschluss ans Kanalnetz oder eine Wasserspülung, erfahren hatte. Auf der linken Seite grenzte die Wand heute an den Raum mit dem großen Milchsammeltank, rechts gelangte man über einen schmalen, schlecht beleuchteten Flur in einen großen, braun gekachelten Waschraum, der weiter in den Schweinstall führte. Das beständige, monotone Brummen der Milch-Kühlanlage, von dem Marlene immer spaßhaft sagte, dass man dort höre, wie das Geld läuft, und gelegentliche zufriedene Grunz- und Quiekgeräusche aus dem nahen Stall waren der perfekte Klangteppich für Wills sanitäre Meditationen. Außer ihm konnte sich jedoch niemand für Sitzungen an diesem kargen Ort erwärmen. Das lag zum einen am fehlenden Fenster und dem damit verbundenen Verzicht auf Tageslicht und andere Vorzüge. Zum anderen könnte man die in die Jahre gekommene Toilette für überflüssig halten, weil es im Haus ein sehr geräumiges, für bäuerliche Verhältnisse fast schon luxuriöses Badezimmer sowie eine relativ einladende Gästetoilette gab, ausgestattet mit Moschus-Duftkugeln auf der Spiegelablage, einem kleinen Kippfenster und einer modernen Spültaste, die sogar in die Wand eingelassen war. Marlene Hastenrath war Wills Privatklo sogar so unangenehm, dass sie dessen Existenz vor Besuchern meist verschwieg. Will war das nur allzu recht. Umso mehr Besinnlichkeit und innere Einkehr fand er, wenn er sich dorthin zurückzog.

Doch heute kam er einfach nicht zur Ruhe. Nicht nur, weil ihn der Fall Pluto mehr beschäftigte als ihm lieb war, sondern auch, weil Marlene ungeduldig zum Essen drängte: „Jetzt beeil dich mal, Will. Sabine ist gerade am vorfahren. Die Jungs haben bestimmt Hunger."

Sabine war die gemeinsame Tochter und mit den Jungs waren die beiden Enkelkinder gemeint, der zehnjährige Kevin-Marcel und der sechsjährige Justin-Dustin. Heute besuchte Sabine nämlich wie jeden Montag ihren VHS-Seidenmalereikurs im benachbarten Brüggelchen. Das bedeutete, dass die beiden Kinder für die nächsten zwei Stunden das Kommando auf dem Hof übernehmen würden.

Kurz nachdem Marlene die Haustür geöffnet hatte, erfüllte ohrenbetäubender Lärm, der einem startenden Düsenjet zur Ehre gereicht hätte, das Haus. Will hörte durch die Tür seines Refugiums kreischende Kinderstimmen, lautes Schimpfen, knallende Türen, zerspringendes Porzellan, eine ängstlich miauende Katze und Stühle, die quietschend übers Parkett gezogen wurden. Nachdem Sabine sich schnell verabschiedet und Marlene ein Machtwort gesprochen hatte, wurde es etwas ruhiger, wenn auch nur unwesentlich.

Will verabschiedete sich innerlich bereits von seinem Mittagsschlaf. Dann versuche ich wenigstens noch schnell, den Sportteil zu überfliegen, dachte er und begann hastig die Kreisliga-C-Tabelle zu studieren. Doch plötzlich erlosch die Glühbirne, die in ihrer Fassung an einem schlichten, weißen Kabel von der Decke baumelte, und tauchte den kleinen Raum in tiefe Dunkelheit. Will seufzte und brüllte dann durch die Tür: „Kevin-Marcel, mach der Oppa sofort wieder das Licht an."

Vor der Tür war das durch eine vorgehaltene Hand gedämpfte Kichern zweier Jungen zu hören.

Will holte tief Luft. Diesmal nahm seine Stimme einen deutlich bedrohlicheren Unterton an: „Kevin-Marcel und Justin-Dustin! Wenn ihr der Oppa nicht sofort wieder das Licht anmacht, dann dürft ihr nie mehr beim Schlachten zugucken." Will horchte angestrengt. Er vernahm, wie seine beiden Enkel erschraken und kurz innehielten. Er musste grinsen. Eine Sekunde später begann die Glühbirne wieder matt zu flackern. Die beiden Kinder liefen mit lautem Gebrüll davon. Irgendetwas fiel scheppernd zu Boden. Will lächelte zufrieden. Kevin-Marcel und Justin-Dustin waren sein Ein und Alles. Aber so sehr er die beiden Rabauken auch liebte, eins war ihm heute klar geworden. Er musste in den nächsten Tagen dringend den Lichtschalter von außen nach innen verlegen. Mit einem tiefen Seufzer faltete er die Zeitung zusammen und verließ schweren Herzens seine Oase der Ruhe.

15

Dienstag, 13. Mai, 17.54 Uhr

Josef Jackels saß am Esszimmertisch und kehrte mit den Fingern sorgfältig Apfelschalen zusammen. Hoch konzentriert schob er sie mit der einen Hand über die Tischkante, um sie dort mit der anderen Hand aufzufangen. Dann legte er sie auf eine Serviette, die er zuvor ausgebreitet hatte. Nun ging er daran, den geschälten Apfel in vier gleich große Teile zu zerlegen. Mit geschicktem Schnitt entfernte er die Kerne, die er zu den Schalen auf die Serviette legte. Nachdem er die Serviette wie einen Müllbeutel ordentlich an den Enden zusammengeknotet hatte, legte er die vier Apfelstücke gewissenhaft auf eine Untertasse, die er ebenfalls bereitgestellt hatte. Zufrieden nahm er ein Apfelstück und führte es voller Vorfreude zum Mund. Im Hintergrund lief leise WDR 4. Roger Whittaker sang „Abschied ist ein scharfes Schwert“. Während er den Apfel genoss, blätterte er interessiert in der aktuellen Prisma, einem kostenlosen Fernsehheft, das jeden Freitag der Tageszeitung beilag und für das Josef nach dessen erstmaligem Erscheinen 1977 die Hörzu abbestellt hatte. Seine Frau Billa steckte ihren Kopf zur Tür herein. Auf ihrer Dauerwelle trug sie eine durchsichtige Regenhaube. Draußen schien es zu regnen.

„Josef, ich bin jetzt weg, nach die Weight Watchers", sagte sie.

Josef sah kauend auf. „Ist gut, Billa. Bis nachher. Heute Abend kommt im Dritten eine Reportage über die interessantesten Krankheiten Deutschlands. Das hört sich gut an." Er tippte mit dem Finger auf die aufgeschlagene Prisma.

„Es wird wohl später", sagte der Kopf im Türrahmen. „Nach dem Wiegen in der Turnhalle gehen wir ja noch essen. Wir haben doch heute unsere nachträgliche Weihnachtsfeier. Die Helmtrud hat uns ein Tisch bestellt im Spanferkelhaus."

Josef nickte eifrig und bedeutete Billa damit, dass er sich wieder erinnerte. Sekunden später hörte er die Haustür zufallen.

Josef streckte sich und gähnte. Er sah auf die Uhr. Es war kurz vor sechs. Gleich würde Will kommen, um mit ihm den Fall Pluto zu besprechen. Nachdem der ehrenamtliche Feuerwehrmann den Einbrüchen zu Beginn nicht allzu viel Aufmerksamkeit geschenkt hatte, war ihm spätestens nach den Vorfällen am Tag des Pfarrfests und Wills Ermittlungsansätzen klar geworden, dass es sich vielleicht doch nicht um Zufallstaten handelte, sondern um geplante Aktionen, denen vermutlich noch weitere Saffelener zum Opfer fallen könnten. Je mehr er darüber nachdachte, desto besorgter wurde er. Seine aufkommende Ängstlichkeit versuchte er zu beruhigen, indem er sich sagte, dass Will sicher längst einen Plan entwickelt hatte, mit dem man Pluto zur Strecke bringen würde. Entsprechend erleichtert war er daher, als es endlich an der Haustür klingelte. Josef stand auf, strich sich die Falten aus seiner braunen Strickjacke und ging durch die Küche zum Flur. Unterwegs entsorgte er noch die Serviette mit den Apfelresten im Treteimer. Dann öffnete er die Haustür. Zu seiner Überraschung stand dort aber nicht Will, sondern Dorflehrer Peter Haselheim, der laut mit einer Geldsammelbüchse klimperte.

Haselheim strahlte: „Endlich mal jemand, der die Tür aufmacht."

„Ach. Guten Tag, Herr Haselheim. Wodrum geht es sich?" Josef war irritiert.

Haselheim klapperte unaufhörlich weiter mit der Büchse. „Herr Jackels. Ich sammle für die Fahrt der Grundschüler ins Phantasialand im nächsten Monat. Wie Sie sicher gelesen haben, werden die Landesmittel immer knapper und der Förderverein interessierter Eltern hat sich aus Mangel an Mitgliedern aufgelöst. Jetzt möchte ich aber ungern die traditionelle Schuljahresabschlussfahrt der Viertklässler ins Wasser fallen lassen und habe mir gedacht, ich versuche eigenhändig, Spenden im Dorf zu sammeln."

„Das ist aber nett. Das Problem ist ..."

„Und da Ihr Enkelsohn Pascal-Daniel ja nun schon seit drei Jahren im vierten Schuljahr ist und die Fahrt demnach schon zweimal mitgemacht hat, habe ich mir gedacht, dass Sie sicher diesmal gerne dazu beitragen wollen, ihm und den anderen den Ausflug zu ermöglichen."

Während Josef noch versuchte, den Schachtelsatz zu erfassen, schlängelte sich Haselheim geschickt an ihm vorbei in den Flur. Von dort rief er: „Herr Jackels, Sie glauben gar nicht, wie schwer es ist, in Saffelen Geld zu sammeln. Sie sind der erste, der mir geöffnet hat. Nebenan bei Hastenraths wurden sogar die Rollläden runtergelassen, als ich geklingelt habe."

Josef schloss die Tür und folgte dem Lehrer. Peter Haselheim war vor der Garderobe stehengeblieben, an der sorgsam die

Feuerwehruniform aufgehängt war. Auf der Hutablage lag der gelb leuchtende Feuerwehrhelm mit dem roten Signalstreifen. Haselheim deutete grinsend darauf: „Heute ohne Uniform und Helm? Ich glaube, so habe ich Sie noch nie gesehen."

Josef hob entschuldigend die Schulter: „Wissen Sie, Herr Haselheim. Zu Hause trage ich die Uniform eher selten. Ja, äh, sonst kommen Sie doch durch im Esszimmer."

Die beiden nahmen einander gegenüber am Esszimmertisch Platz. Josef schob verschämt die Prisma beiseite.

„Ja, Herr Haselheim, ich würde Ihnen gern ein Kaffee anbieten, aber – meine Frau ist leider nicht da."

Haselheim winkte schmunzelnd ab. „Macht doch nichts, Herr Jackels. Ich muss ja sowieso noch weiter. Mit dem, was ich bis jetzt gesammelt habe, kommen wir ja noch nicht mal bis zum Autobahnkreuz Jackerath." Er lachte kurz auf und blickte Josef dann scharf an. „Was wollen Sie denn geben, Herr Jackels?"

Josef schluckte. „Ja, das ist genau das Problem, wo ich eben von dran war. Meine Frau hat das Portemonnaie mit. Sonst würde ich Ihnen gerne was geben. Zumal es ja sein könnte, dass der Pascal-Daniel dieses Jahr zum letzten Mal die Fahrt mitmachen kann."

„Aber Herr Jackels, Sie werden doch noch irgendwo etwas im Haus haben, mit dem Sie die Schulfahrt unterstützen können?"

Josef überlegte angestrengt. Dann strahlte er: „Vielleicht ein Stück Schokolade für die Busfahrt?"

Haselheims zuvor freundliche Miene verfinsterte sich. „Wissen Sie, Herr Jackels, ich bin vor acht Jahren hier nach

Saffelen gezogen, weil sich mir die Chance bot, Rektor an einer Grundschule zu werden. Doch so sehr meine Frau und ich uns auch bemühen, uns ins Dorfleben einzufügen, es will uns einfach nicht gelingen. Wir sind immer noch die Neuen, die Zugezogenen. Warum tut man sich hier so schwer damit, Fremde zu integrieren?“

Josef zuckte mit den Schultern. „Ich weiß es auch nicht. Vielleicht ... vielleicht, weil Sie SPD wählen oder ...“

„Woher wissen Sie, dass ich SPD wähle?“, unterbrach Haselheim ihn barsch.

Josef spürte, wie sich kalter Schweiß auf seiner Stirn bildete. Mit einem Mal fühlte er sich unwohl. „Also, ich meine, wissen tun wir das jetzt nicht. Aber wir haben das bei der Vorstandssitzung vom Ortsring vermutet, weil es seit acht Jahren bei jeder Kommunalwahl plötzlich zwei SPD-Stimmen gibt. Aber das ist doch überhaupt nicht schlimm, Herr Haselheim. Wir können uns alle vorstellen, auch SPD-Wähler im Dorf zu intrigieren. Ich bin da absolut tolerant. Eine Nichte von mir, die ist sogar mit ein junger Mann aus Karken verlobt. Der kommt aus ganz schwierige Verhältnisse. Der ist ... evangelisch. Aber der ist trotzdem auf jeder Familienfeier gern gesehen. Außer natürlich, wenn unsere Omma dabei ist.“

Noch bevor Haselheim antworten konnte, schrillte die Haustürklingel. Dankbar sprang Josef auf und eilte zur Tür. Als er sie öffnete, drängte sich Will grußlos an ihm vorbei in den Flur und polterte los: „Ich bin was spät dran, Josef. Hier der bekloppte Haselheini wollte bei uns Geld sammeln. Da musste ich mich erst noch verstecken, bis der wieder weg war. Was bist du denn so mit die Hände am wedeln, Josef?“

Will und Josef betraten fast gleichzeitig das Esszimmer. Haselheim warf beiden einen gekränkten Blick zu. Will schien das allerdings weit weniger zu stören als Josef. Jedenfalls fand er seine Sprache schnell wieder: „Ach. Der Herr Haselheim. Das ist ja schön, dass Sie der Josef mal besuchen kommen. Wie geht es Ihnen denn?“

Haselheim schüttelte resigniert den Kopf. Müde hob er an: „Das finde ich auch schön, Herr Hastenrath. Aber wo Sie gerade da sind. Ich sammle für die Schuljahresabschlussfahrt der vierten Klasse ins Phantasialand. Und Ihr Enkelkind Kevin-Marcel ist doch auch ...“

Will stülpte demonstrativ die beiden Innenfutter der Taschen seiner ausgebeulten grauen Stoffhose nach außen und fiel dem Lehrer ins Wort: „Das ist natürlich blöd jetzt. Hätten Sie doch was gesagt, dass Sie bei der Josef sind. Jetzt habe ich leider gerade kein Geld dabei. Aber es ist trotzdem gut, dass Sie da sind. Sie lesen doch immer so Kriminalistikromane, oder?“ Haselheim nickte knapp. Will fuhr fort: „Ich würde gerne so ein sogenanntes Täterprofil von Pluto erstellen. Und da wollte ich Sie sowieso mal ...“ Will sah Josef an. „Josef, stört es dich, wenn ich eine Zigarre rauche? Dann kann ich mich besser konzentrieren.“

Josef schüttelte energisch den Kopf. „Die Billa will nicht, dass hier im Haus geraucht wird. Wegen der Goldkanten-Gardinen. Lass uns lieber auf die Terrasse gehen. Ich glaube, es hat auch aufgehört zu regnen.“

Will zog neben ein paar Krümeln und kleinen Zettelchen eine bereits halb aufgerauchte Zigarre aus der Tasche seines Bundeswehrparkas, den er wie immer über seinem grün-weiß karierten Hemd trug. Er klopfte die Zigarre an seiner Hose ab und führte die kleine Gruppe hinaus an die frische Luft.

Peter Haselheim war klar, dass er sich gerade jetzt nicht der Gemeinschaft verweigern durfte. Außerdem war er insgeheim ein wenig stolz, dass Ortsvorsteher Hastenrath den von ihm kreierten Namen „Pluto" wie selbstverständlich verwendete. Er fühlte sich plötzlich sogar ein kleines bisschen akzeptiert. Das hob seine Stimmung derart, dass er, auf der Terrasse angekommen, sogar einen lockeren Small Talk mit Josef Jackels begann. Während Will bei leichtem Wind versuchte, seine Zigarre anzuzünden, deutete Peter Haselheim auf den mächtigen Komposthaufen, der am Ende von Josefs gepflegter Rasenfläche aufgetürmt war. „Herr Jackels, was ist denn das, was da oben drauf liegt?"

Josef sah angestrengt mit zusammengekniffenen Augen hinüber. „Ach so, das. Das muss wohl ein Maulwurf gewesen sein. Den habe ich beim Rasenmähen übersehen. Da konnte ich nix machen. Toter Winkel."

„Aaahhh. Mmmmh." Ganz offensichtlich war es Will in der Zwischenzeit gelungen, seine Zigarre zu entzünden. Er nahm zwei tiefe Züge, bevor er sich wieder an Haselheim wandte: „Stichwort Täterprofilierung. Ich habe ein paar Informationen zusammengetragen. Wie muss man da jetzt genau vorgehen, für die Persönlichkeit von Pluto immer mehr einzukreisen?"

Peter Haselheim dachte nach: „Ich denke, zunächst einmal müssen wir ein Muster finden. Serientäter arbeiten oft nach bestimmten Mustern. Um aber festzustellen, ob es sich überhaupt um einen Serientäter handelt, müsste man erst mal die Frage klären, ob es zwischen den Einbrüchen Gemeinsamkeiten gibt."

Will überlegte nicht lange: „Also, alle Opfer haben irgendswie mit Gerhard Geiser zu tun. Und – bei keinem Einbruch ist bisher was gestohlen worden."

„Außer bei Spargel", gab Josef zu bedenken.

„Das ist richtig", räumte Will ein, „das hat mich zuerst auch stutzig gemacht. Aber mittlerweile habe ich eine Theorie dazu entwickelt. Der zuständige Kommissar, Kommissar Kleinheinz, dem ich gestern morgen kurz vorm Melken nochmal angerufen hatte, der hat mir gesagt, dass der Spargel Gegenstände im Wert von über 12.000 Euro als gestohlen gemeldet hat. Deshalb habe ich gestern ausführlich mit der Richard Borowka gesprochen und dem die Liste der gestohlenen Sachen vorgelegt. Der hat mir glaubhaft gesagt, der Spargel hätte nie ein Plasmafernseher besessen oder ein moderner Capuschinoautomat, geschweige denn ein amerikanischer Kühlschrank mit Eiswürfelmaschine. Das kann nur eins bedeuten."

Josef nickte: „Das seh ich genauso, Will. Das kann nur bedeuten, dass der Spargel sich die ganzen Sachen erst gekauft hat, am Tag, wo der Einbruch war."

Will sah Josef entgeistert an. „Unsinn!", brach es aus ihm heraus. Haselheim legte beruhigend die Hand auf Wills Arm und übernahm.

„Nein, Herr Jackels. Das kann nur bedeuten, dass es sich hier ganz offensichtlich um Versicherungsbetrug handelt."

Will hatte sich wieder beruhigt und referierte weiter, diesmal jedoch mehr Peter Haselheim zugewandt.

„Unter anderem hatte Spargel eine Playstation 4 als gestohlen gemeldet. Ich habe der Kevin-Marcel gefragt: Die ist noch gar nicht auf dem Markt."

„Mit anderen Worten: Es ist also doch so, dass bislang bei niemandem etwas gestohlen wurde."

„Und damit haben wir unsere Gemeinsamkeit. Außerdem ging die Einbruchserie danach ja weiter. Zwei Tage nach Spargel wurde bei der Eidams Theo eingebrochen."

„Ganz genau, Herr Hastenrath. Das bedeutet, dass wir es in allen Fällen mit großer Wahrscheinlichkeit mit ein- und demselben Täter zu tun haben. Hinzu kommt, dass jedes Mal mit einem Dietrich die Haustür geöffnet wurde. Das deutet auf einen handwerklich geschickten Täter hin. Die wichtigste Frage aber ist: Was genau sucht der Täter? Es muss sehr wertvoll sein, denn ganz offensichtlich ist er bereit, Gewalt anzuwenden, um es zu bekommen. Das beweist der brutale Angriff auf Herrn Eidams."

Will rieb sich das Kinn. „Dann tipp ich auf jeden Fall auf ein männlicher Täter. Weil Eidams Theo eigentlich sehr kräftig ist. Der hat schon mehrmals in der Kneipe Leute k.o. geschlagen."

Haselheim nickte nachdenklich.

„Andererseits", stellte Will seine eigene Theorie wieder in Frage, „könnte es auch die Frau von Eidams Theo gewesen sein."

Nun zog Haselheim skeptisch die Stirn in Falten.

„Na ja, zum einen ist die Fine auch sehr groß und sehr, sehr kräftig. Und, Josef, erinner dich mal, wie die der Theo letztes Jahr nach dem Vatertagsausflug mit dem Bügeleisen zugerichtet hat. Auf dem seine Stirn konnte man noch wochenlang der spiegelverkehrte Schriftzug ‚Rowenta' lesen."

„Ich denke, dieser Fall von häuslicher Gewalt hat nichts mit Pluto zu tun", wischte Haselheim Wills Gedanken beiseite. „Was können wir also festhalten? Pluto ist höchstwahrscheinlich ein männlicher, handwerklich geschickter Täter, der etwas Wertvolles sucht, das er im Umfeld von Gerhard Geiser zu finden glaubt. Möglicherweise stammt der Täter sogar aus dem unmittelbaren Umfeld von Gerhard Geiser. Immerhin kennt er sich dort sehr gut aus."

„Nicht gut genug", fügte Will an, „denn noch hat der nicht gefunden, wonach der sucht."

Haselheim nickte beipflichtend. „Das bedeutet, Pluto wird noch mal zuschlagen. Nur, wo? Gibt es in Saffelen noch mehr Verwandte von Gerhard Geiser?"

„Nein. Da habe ich mit der Kommissar Kleinheinz auch schon drüber gesprochen. Nach dem Einbruch im Altenheim ist mittlerweile bei alle Verwandte von Gerhard eingebrochen worden."

In der kurzen Pause, die entstand, als Will und Haselheim angestrengt nachdachten, fädelte Josef sich wieder ins Gespräch ein, nachdem er zuvor nur wie der gebannte Zuschauer eines Tennismatches von einem zum anderen gesehen hatte: „Ich habe eine sehr gute Idee."

Will und Haselheim sahen ihn überrascht, aber erwartungsvoll an. Der Feuerwehrmann strahlte und sagte: „Ich hol uns erst mal ein Scharlachberg Meisterbrand."

16

Dienstag, 13. Mai, 20.08 Uhr

Martina stand an ihrer Zimmertür und horchte aufmerksam nach unten ins Wohnzimmer. Dort war nichts zu hören außer dem gleichmäßigen Flirren des Fernsehers und der sachlichen Stimme des Nachrichtensprechers. Ab jetzt würde sie ungestört sein. Mit dem Beginn der Tagesschau begab sich ihr Vater nämlich stets in seinen Fernsehsessel und blieb dort sitzen, bis die Anstrengungen des Tages ihren Tribut forderten und er nach sanfter Aufforderung durch seine Frau zu Bett ging. Zuvor aber setzte seine Frau sich auf das Zweier-Sofa zu seiner Rechten und unterbrach ihre Strickarbeiten lediglich, um kurz aufzusehen und das Fernsehgeschehen zu verfolgen. Geredet wurde dabei so gut wie nie. Das Eheleben war nach 36 Jahren von merkwürdiger Tristesse und folgte nur noch eingefahrenen Ritualen. Still, heimlich und erbarmungslos war im Laufe der Jahre Gleichgültigkeit in diese Beziehung hineingesickert, wie Dauerregen in ein Paar undichter Schuhe. Und das, obwohl die Ehe eigentlich mal sehr glücklich war. Aber das war viele Jahre her. 30, um genau zu sein. Damals, kurz nach der Geburt von Martina, wuchs der wirtschaftliche Erfolg der Wurstfabrik in geradezu atemberaubendem Tempo. Mit Geschick, Raffinesse und einer gehörigen Portion Bauernschläue verwandelte Hans Wimmers seine kleine Saffelener Metzgerei in ein international agierendes Wurstimperium, das schon nach wenigen Jahren zu den größten Würstchen-im-Glas-Produzenten Europas gehörte. Die vielen Dienstreisen, die dadurch nötig wurden, lösten in Hans Wimmers ein Gefühl aus, das ihm zuvor völlig fremd gewesen war: Fernweh. Plötzlich fühlte er sich eingeengt in dem kleinen rheinischen Dorf, in dem seine Familie seit Generationen gelebt hatte. Er besuchte Rom, Paris, den Grand Canyon und die Niagarafälle. Die wunderbaren Eindrücke, die er auf seinen Reisen sammelte, hätte er allzu gern geteilt. Doch seine Frau begleitete ihn nur selten. Und wenn, dann nicht, um die Nilkreuzfahrt oder das Golf-Wochenende auf Mallorca zu genießen, sondern nur ihrem Mann zuliebe oder weil die geschäftliche Etikette es erforderte. Am wohlsten aber fühlte sie sich in ihrem kleinen dörflichen Kokon aus Kirchenchor, Aerobicstunde und Kindergartenbeirat. Während der Ort Saffelen für Hans Wimmers mehr und mehr zu einem schändlichen, kleinen Fleck auf seinem Briefpapier wurde, der ihn oft härter hatte kämpfen lassen müssen als seine Mitbewerber, bedeutete Saffelen für seine Frau Hedwig alles. Hier stand die Wiege ihrer ganzen Familie, hier fand ihr Leben statt. Niemals wollte sie diesen Ort verlassen.

Und so lebten sie jahrelang ihre Leben in zwei Paralleluniversen. Das, was sie einte, war die gemeinsame Liebe zu ihrem einzigen Kind, Martina. Martina genoss eine glückliche Jugend, die sich kaum von der Gleichaltriger unterschied. Denn trotz des materiellen Reichtums, der den Wimmers in der Saffelener Gesellschaftsstruktur selbstverständlich eine exponierte Stellung einräumte, wurde sie betont bodenständig erzogen. Hans wie auch Hedwig Wimmers waren sich ihrer Herkunft immer bewusst gewesen und hatten sich nicht mit snobistischem oder hochmütigem Gehabe, sondern mit wohltätigen Aktionen einen Namen gemacht und sich viel Anerkennung verdient. Den Saffelener Kindergarten beispielsweise hatte Hans Wimmers komplett gespendet. Dennoch verzichtete er, uneitel, ja, fast schon verlegen, wie er oft war, darauf, dass der Kindergarten „Wurst-Wimmers-Kindergarten" getauft wurde, was sein gutes Recht gewesen wäre. Jahr für Jahr unterstützte er diese Institution mit großzügigen Zuwendungen. Und immer wieder landete der „Gerhard-Geiser-Kindergarten", wie er mittlerweile nach einem groß angelegten, von Wilhelm Hastenrath initiierten Namenswettbewerb hieß, auf den vorderen Plätzen, wenn es um die Wahl zum schönsten der Region ging. Und so war es natürlich nicht verwunderlich, dass die Wurst-Wimmers-Dynastie neben dem jüngst verstorbenen Gerhard Geiser zu den Speerspitzen der Saffelener Gesellschaft zählte, wenn es darum ging, Saffelen überregional bekannt zu machen beziehungsweise dafür zu sorgen, dass der kleine Ort überhaupt wahrgenommen wurde.

All das ging Martina durch den Kopf, als sie behutsam die Tür ihres Zimmers schloss, in das sie vor gut zwei Jahren wieder eingezogen war, nachdem die Beziehung zu Fredi Jaspers in die Brüche gegangen und der Traum vom gemeinsamen Leben in der gemeinsamen Wohnung so jäh geplatzt war. Ihre Eltern hatten sich gefreut, dass sie wieder nach Hause kam. Nicht, dass sie Fredi nicht gemocht hätten. Ganz im Gegenteil, er war ein gern gesehener Gast im Hause Wimmers. Martina war es, die irgendwann gespürt hatte, dass sich ihre Beziehung, die zu diesem Zeitpunkt immerhin schon sechs glückliche Jahre erlebt hatte, in einer Sackgasse befand. Sie konnte sich nicht genau erklären, wie es zu diesem Gefühl kam, aber sie konnte sich noch sehr genau an den Moment erinnern, in dem es übermächtig wurde. So übermächtig, dass sie auf der Stelle ihre Sachen packte und Fredi verließ. Es war an einem Donnerstagabend gewesen. Sie stand an der Küchenzeile ihrer gemeinsamen Dreizimmerwohnung auf der Wiesenstraße und spülte. Fredi kehrte wie jeden Donnerstag vom Fußballtraining zurück, trat in den Flur, zog seine verdreckten Fußballschuhe aus und rief in die Küche: „Schatzilein? Machst du mir Kroketten warm?" Was genau an diesem völlig normalen Satz ihre Kurzschlussreaktion auslöste – sie wusste es nicht mehr. Auf jeden Fall war dies der letzte Satz, den Fredi bis heute zu ihr sagen konnte, weil sie daraufhin mit zwei hastig gepackten Reisetaschen wortlos die Wohnung verließ und ihn drei Tage später per Brief darüber in Kenntnis setzte, dass sie sich von ihm trennen wolle. Drei weitere Tage später holten zwei „Wurst-Wimmers"-Fahrer mit einem MAN-Zwölf-Tonner, der die Aufschrift „Das lustige Würstchen vom Dorf" trug, die restlichen Kleider und Möbelstücke von Martina ab. Der Vorfall war wochenlang das beherrschende Thema an der Metzgerei- und Bäckereitheke der kleinen Ortschaft. Erst sehr spät wurde es abgelöst von der Nachricht, dass Gerhard Geiser mit überwältigender Mehrheit zum Bundesschützenmeister des Bundes der historischen deutschen Schützenbruderschaften gewählt worden war.

Und auch wenn das Gerede im Dorf langsam verstummte, so war Martina schon klar, dass Fredi sehr unter der Trennung litt und sie nach wie vor liebte. Der Gedanke machte ihr sehr zu schaffen, zumal ihr selbst nicht bewusst war, warum sie die Reißleine gezogen hatte. Irgendwie hing sie noch an Fredi, aber auf der anderen Seite konnte sie sich einfach keine Zukunft mehr mit ihm vorstellen. Von vielen Aktionen, die er unternahm, erfuhr sie durch ihre Freundin Rita, der Lebensgefährtin von Richard Borowka. Etwa, als er eine Liebesbotschaft auf einen Brückenpfeiler gepinselt hatte und dafür ein empfindliches Ordnungsgeld aufgebrummt bekam oder als er in einer Diskothek bei einer Karaoke-Show ein Liebeslied für Martina gesungen hatte und dafür mit faulen Apfelsinen beworfen wurde. All das wurde ihr zwar manchmal zu viel, vor allem, wenn sie immer mal wieder nachts seinen blauen Fiat Panda in der Nähe ihres Hauses im Schatten des großen Nussbaums entdeckte. Aber auf irgendeine Art und Weise imponierte es ihr auch. Doch es half nichts. Zum einen verstärkte das alles nur ihr schlechtes Gewissen Fredi gegenüber, zum anderen ärgerte es sie, dass sie einfach nicht wusste, wohin ihr eigener Weg führen würde.

Bis vor vier Wochen, als ein kosmischer Glücksfall eintrat, der ihr Leben in eine neue Bahn lenkte. Es war jener traumhaft schöne Diskoabend, an dem sie Sascha kennen- und lieben gelernt hatte. Dieser große, gut aussehende und kultivierte Traum von einem Mann hatte ihr mit einem Mal die Augen geöffnet. Seitdem wusste sie, was sie wollte. Hinaus in die große, weite Welt, so wie einst ihr Vater. Nur dass der sich damals schweren Herzens dagegen entschieden hatte. Was das aus ihm gemacht hatte, das sah sie jeden Abend im Wohnzimmer vor dem Fernseher. Einen resignierten, viel zu früh gealterten Mann, der die Träume und Sehnsüchte, die in ihm aufbegehrten, nicht ausleben konnte. Ihr würde das nicht passieren. Und Sascha war der Schlüssel, der ihr Verließ öffnen würde. Das Verließ, das aus Klatsch und Tratsch, Engstirnigkeit und Beschränktheit, Spießigkeit und Intoleranz bestand. Mit ihm würde sie der miefigen Provinz entfliehen hinein in ein besseres Leben.

Als sie ihr gemachtes Bett sah, auf dem ihr aufgeklappter Koffer lag, schossen ihr Tränen in die Augen. Die Angst vor der Zukunft, vor dem neuen Lebensabschnitt überkam sie wie eine Welle. Es war zugleich die Angst vor dem Abschied von der alten Welt. Sie dachte an ihre Eltern, denen sie einen Brief schicken würde, in dem sie versuchen würde, alles zu erklären. Ihre Mutter würde weinen, ihr Vater würde zwar auch traurig sein, aber tief im Innern würde er sie wohl verstehen. Sie dachte aber auch an ihre Freunde, die sie ohne einen Gruß zurücklassen würde und sie dachte sogar an Fredi, dem sie mit diesem Schritt wohl endgültig das Herz brechen würde.

Doch es half alles nichts. Entschlossen löschte sie die Gedanken aus ihrem Kopf. Sie musste sich mit dem Packen beeilen. Sascha würde sie am nächsten Morgen vor Sonnenaufgang mit seinem Audi A8 abholen. Deshalb hatte er sie auch gebeten, heute besonders früh zu Bett zu gehen. Schließlich hatten sie eine anstrengende Reise vor sich. Weltmännisch wie er war, hatte er in den letzten Tagen alles geregelt. Seine Firma würde ganz normal weiterlaufen. Er hatte seinem besten Mitarbeiter Prokura erteilt. Die wichtigsten Entscheidungen könne er auch aus der Ferne per E-Mail oder mit seinem Hightech-Handy treffen, hatte er ihr erklärt. Wir fahren ja nicht in ein Entwicklungsland, hatte er lachend hinzugefügt. Wohl kaum, dachte Martina. Zunächst einmal sollte es nach Monaco gehen, wo Sascha einen Bungalow mit Whirlpool und Meerblick besaß. Danach würde man weitersehen. Da draußen warten so viele Abenteuer auf uns, hatte er mit seiner geschmeidigen Stimme gesagt und ihren Kopf dabei sanft an seine starke Brust gedrückt.

Martina legte mehrere Sommerblusen in den Koffer. Als sie die Kommode neben ihrem Bett aufzog und die Sportslips von Miss Sixty herausnahm, dachte sie, dass sie in Monaco dringend sexy Unterwäsche kaufen müsse. Schließlich wollte sie ihrem Sascha ja gefallen. Dann fiel ihr Blick auf die Nici-Stoff-Giraffe, die neben ihrem Hello-Kitty-Wecker stand. Sie nahm sie in die Hand. Fredi hatte ihr die Giraffe zum Fünfjährigen geschenkt. Aus dem Po der Giraffe hing eine kurze Schnur. Martina zog daran. Eine Spieluhr begann, die Melodie von Totos „Africa“ zu spielen. Das war ihr gemeinsames Lied gewesen. Martina schossen erneut Tränen in die Augen. Sie ärgerte sich, dass sie an der Schnur gezogen hatte. Es war ganz automatisch passiert, so als sei sie ferngesteuert gewesen. Wütend warf sie die Giraffe und damit auch die Gedanken an Fredi weg. Mit voller Wucht landete das Stofftier an der Wand und der mechanische Inhalt zersprang in seine Einzelteile. Ein paar Sekunden lang leierte „Africa“ noch schwerfällig vor sich hin, dann erstarb das Lied langsam.

17

Dienstag, 13. Mai, 20.23 Uhr

Tropfend trat er aus der Dusche. Schwerer Dampf hatte sich wie eine Dunstglocke über das kleine Badezimmer gelegt. Mit dem Handtuch wischte er ein Stück des Spiegels frei. Er betrachtete sich kurz, strich sich durchs Haar und trat dann mit umgebundenem Handtuch ins Zimmer. Auf dem Sofa lag fein säuberlich die Kleidung, die er sich bereitgelegt hatte. Eine schwarze Hose, ein schwarzes T-Shirt und ein schwarzer Rollkragenpullover. Damit würde er wieder eins werden mit der Dunkelheit. Er sah aus dem Fenster. Noch eine halbe Stunde, dann würde die Dämmerung hereinbrechen, dachte er. Nachdem er sich angezogen hatte, setzte er sich an den kleinen Holztisch, um seine Tasche zu packen. Es handelte sich um eine kleine, dunkelblaue Sporttasche mit Umhängegurt. Daneben ausgebreitet lagen die Gegenstände, die er einzeln und sehr sorgsam prüfte, um sie dann in der Tasche zu verstauen. Einen großen Schlüsselbund, ein Stemmeisen, Pfefferspray, schwarze Lederhandschuhe, eine Sturmhaube mit ausgeschnittenen Sehschlitzen und einen großen Granny-Smith-Apfel, falls er aus irgendeinem Grund würde warten müssen. Äpfel waren für ihn eine Art Beruhigungsmittel. Er neigte zwar nicht zur Nervosität, wohl aber zu leichtem Jähzorn und irgendwann einmal hatte er festgestellt, dass der saure Fruchtsaft des Apfels ihn entspannte. Der letzte Gegenstand, den er vom Tisch nahm, war ein großer, schwerer Holzknüppel. Versonnen wiegte er ihn in der Hand. Es handelte sich um einen Drehknüppel, wie Seeleute ihn zum Verdrillen der Spanndrähte für die Ladungssicherung verwenden. Vor Jahren hatte er ihn auf einem Flohmarkt gekauft. Damals hatte er noch keine Ahnung, wofür er ihn würde brauchen können. Heute wusste er es. Er legte den Knüppel jedoch nicht zu den anderen Utensilien in die Tasche, sondern ließ ihn in eine Art Holster gleiten, das an seinem Gürtel befestigt war. Im Notfall würde er ihn schnell ziehen müssen, falls er wieder in eine ähnlich brenzlige Situation geriet wie beim vorletzten Mal, als dieser alte Mann ihn überrascht hatte. Wenn er gezwungen werden würde, Gewalt anzuwenden, dann wäre es halt so. Und dann würden sie ihn mal richtig kennenlernen hier in Saffelen, dachte er. In diesem Scheiß-Kaff voller Idioten, denen kein besserer Name für ihn eingefallen war als Pluto. Er musste sich wieder beruhigen. Zu schnell geriet er in Rage. Und nichts konnte er heute Abend weniger gebrauchen. Heute Abend nämlich würde er sein Werk endgültig vollenden und dann für immer verschwinden.

Er sah auf die Uhr. Ein bisschen Zeit blieb ihm noch. Er setzte sich ans Fußende seines Bettes und schaltete mit der Fernbedienung den kleinen Fernseher an, der auf einer verwitterten Spanplatte stand, die von zwei Holzböcken gehalten wurde. Dem orangenen Farbstich nach zu urteilen handelte es sich um eine Folge von „CSI Miami". Eine junge, hübsche

Frau lief mit ängstlichem Gesicht durch eine dunkle, von umgefallenen Mülltonnen gesäumte Gasse. Plötzlich sprangen zwei Männer aus der Ecke und warfen sich lachend auf sie. Sie wehrte sich schreiend. Die Miene des Mannes, den sie Pluto nannten, gefror auf der Stelle. Er sprang wütend auf und trat mit voller Wucht gegen den Fernseher, der Sekunden später auf den Boden krachte. Bebend vor Zorn packte er seine Tasche, verließ das Zimmer und warf die Tür hinter sich so heftig zu, dass sie fast aus den Angeln fiel.

18

Dienstag, 13. Mai, 22.24 Uhr

Es gab einen lauten Knall. Borowkas Kopf war aus seiner aufgestützten Hand gerutscht und mit voller Wucht auf dem Küchentisch gelandet. Er schüttelte sich und sah auf. Zwei Augenpaare starrten ihn entgeistert an. Während Rita nach einigen Schrecksekunden besorgt fragte: „Hast du dir weh getan, Richard?", erhob sich Ritas Mutter resolut vom Küchentisch und warf ihm einen bösen Blick zu. Verärgert schnaubte sie: „Da sich der liebe Herr Schwiegersohn offensichtlich nicht für den Fortgang unserer Wohnzimmerrenovierung zu interessieren scheint, kann ich ja auch gehen." Theatralisch griff sie ihre Handtasche und verließ mit einem verächtlichen Seitenblick auf Borowka das Zimmer.

Rita lief hinter ihr her. „Mutter, warte doch."

Borowka, der langsam wieder zu sich kam, hörte nur noch, wie die Haustür krachend ins Schloss fiel. Dabei zuckte ein kurzer Schmerz durch seinen Kopf. Als er sich benommen die Schläfe rieb, erschien Rita betrübt im Türrahmen. In Borowka breitete sich ein unangenehmes Gefühl aus. Unsicher erhob er sich, ging zu Rita und nahm sie etwas ungelenk in den Arm, so ähnlich, wie er es mal in einem Film mit Chuck Norris gesehen hatte. „Tut mich leid, Rita. Ich war was müde von der Arbeit. Das hat nix mit deine Mutter zu ...“

Rita fuhr ihm sanft mit dem Zeigefinger über die Lippe: „Ist schon gut, Richard. Mama ist im Moment was angespannt wegen der Umbau. Außerdem ist es schon fast halb elf. Das heißt, Mutter hat jetzt über vier Stunden erzählt. So langsam reicht es auch.“ Sie gähnte mit vorgehaltener Hand.

Borowka bemerkte, dass er Rita immer noch im Arm hielt. Sie schmiegte sich an ihn und schnurrte: „Du riechst gut.“

Borowka wurde verlegen. Er spürte instinktiv, dass so etwas wie Romantik in der Luft lag und ihm war klar, dass er jetzt unbedingt das Richtige würde sagen müssen, um die Situation für sich zu nutzen. Aber was war das Richtige? Was hatte Chuck Norris noch gesagt? Plötzlich fiel ihm ein, dass es sich bei dem Film ausgerechnet um „Cusack, der Schweigsame“ gehandelt hatte. Mist, dachte er und sagte: „Das kann sein mit der gute Geruch. Wir haben bei Auto Oellers jetzt eine neue Handwaschpaste für gegen ölige Finger.“

Rita stieß sich sanft, aber bestimmt ab, gähnte laut und sah demonstrativ auf die Uhr. „Ich glaube, ich geh nach Bett.“

Borowka verfluchte sich innerlich für seine Antwort, die ganz offensichtlich nicht die richtige gewesen zu sein schien. Doch noch bevor Rita das Zimmer verließ, hatte er sich wieder gefangen. Das hatte er beim Fußball gelernt. Nie einer vergebenen Chance nachtrauern, sondern sofort wieder nachtreten. „Rita, warte.“

Rita drehte sich langsam um. Sie lächelte zwar sparsam, aber ihr Blick verriet, dass sie durchaus bereit schien, ihm eine zweite Chance zu geben.

Borowka dachte kurz nach. Zuerst kehrte die Zuversicht zurück und dann ganz langsam so etwas wie Gewissheit. Er drückte seinen Rücken durch, hob das Kinn und legte den Kopf ein wenig schief. Er wusste, dass sie das mochte. Wenn ihm jetzt noch der richtige Satz einfiele, dann würde sie wie Butter in der Sonne dahinschmelzen. Und es kam Borowka vor, als ob ein unsichtbarer Engel der Liebe genau in diesem Moment vorbeigeflogen wäre und die Brisanz der Situation erkannt hatte. Denn exakt im richtigen Augenblick, exakt in dem Moment, in dem er den Mund öffnete, lag der perfekte Satz direkt auf seiner Zunge, als hätte er nur darauf gewartet, endlich in die Welt hinausgesprochen zu werden. Borowka musste diesen Satz nur noch wie einen Pfeil abfeuern, der sich Rita tief ins Herz bohrte. Siegessicher formte er seine Lippen und sagte: „Rita, mach es dir auf der Couch bequem. Ich hol uns im Keller eine gute Flasche Sekt."

Volltreffer! Mitten ins Schwarze. Rita schluckte deutlich vernehmlich und ihre Augen bekamen einen schimmernden Glanz. Sie hielt sich am Türrahmen fest, fast so, als wäre sie der Ohnmacht nahe. Sie brachte nur noch hervor: „Oh, Richard. Ich mach uns Kerzen an. Beeil dich mit der Flasche."

Borowka ballte die Faust. Er hatte gerade noch das Steuer rumgerissen. Mit großen Schritten spurtete er zur Kellertreppe, drückte im Vorbeilaufen den Lichtschalter und nahm auf dem Weg nach unten nur jede zweite Stufe. Mit hohem Tempo erreichte er den Werkzeugkeller, wo er seinen Schwung abbremsen musste. Er sah sich um. Es dauerte ein wenig, bis sich seine Augen an das trübe Kellerlicht gewöhnt hatten. Irgendwo hatte er die verdammte Sektflasche versteckt. Aber wo? Als er seinen

Blick nervös durch den Raum wandern ließ, klingelte es an der Haustür. Borowka verdrehte die Augen und rief hoch: „Nicht aufmachen!"

Schwach, wie durch Watte gedämpft, hörte er Ritas Stimme: „Ach Richard. Mutter hat bestimmt nur was vergessen. Ich schick sie gleich wieder weg. Komm lieber schnell mit der Flasche hoch, Tiger." Das letzte Wort hauchte sie wie ein amerikanischer Filmstar. Borowka suchte hastig weiter. Er schob den Bitumeneimer zur Seite. Polternd fiel ein Gummihammer zu Boden. Während er sich leise fluchend die Spinnweben von der Hand streifte, entdeckte er etwas grünlich Schimmerndes neben dem alten Rübenkrauteimer, der randvoll mit Schrauben und Muttern war. Das musste sie sein. Er schob seinen Pulloverärmel zurück und griff mit der rechten Hand ganz weit hinten durch ins Regal. Dann bekam er sie zu fassen und zog sie heraus. Sie war es tatsächlich. Die gute Flasche Sekt, die er hier unten für einen ganz besonderen Anlass aufbewahrt hatte. Stolz wischte er die dicke Staubschicht vom Etikett. Darauf stand: „40 Jahre Teppich Müller." Borowka strahlte.

Im selben Moment gellte ein markerschütternder Schrei durchs Haus. Borowka erschrak so sehr, dass er die Sektflasche fallen ließ. Sie zersprang auf dem Boden und der Sekt spritzte auf seine Röhrenjeans. Es war ein endloser, angsterfüllter Schrei. Und das Schlimmste war: Es war Rita, die schrie. Borowka war starr vor Schreck. Doch so laut und schrill wie der Schrei war, so plötzlich und abrupt endete er und eine gespenstische Stille legte sich über die Wohnung. Mein Gott, Rita, schoss es ihm durch den Kopf. Warum wurde es ihm erst jetzt klar? Schwiegermutter konnte es doch gar nicht gewesen sein. Schwiegermutter besaß selbstverständlich einen Schlüssel und würde niemals klingeln. Im Gegenteil, sie beherrschte die Kunst des lautlosen Anschleichens und machte davon, so oft es ging, Gebrauch.

In großer Panik griff Borowka den erstbesten Gegenstand, den er zu fassen bekam. Es war eine massive Säge mit Holzgriff und langen, rostigen Zacken. Wild entschlossen rannte er damit die Treppe hoch. Er würde jeden umbringen, der seiner Rita auch nur ein Härchen krümmte. Mit jedem Schritt auf der Treppe wuchs seine Wut. Obwohl nur wenige Meter bis zum Flur zu überbrücken waren, kam es ihm vor, als laufe er in Zeitlupe, als zöge er schwere Eisenkugeln hinter sich her. In seinem Kopf überschlugen sich die Gedanken. Wie oft hatte er Rita in Diskotheken und auf Schützenzelten schon beschützt, wenn ihr jemand zu nahe gekommen war? Nicht selten hatte er Leute zu Boden geschlagen, noch bevor Rita überhaupt bemerkt hatte, dass sie sexuell belästigt wurde. Mit wehendem Haar erreichte Borowka den Treppenabsatz und bog, ohne abzubremsen, in den Flur ein. Schlitternd kam er kurz vor der Haustür zum Stehen und riss in wilder Entschlossenheit die Säge hoch, um sie gleich wieder sinken zu lasssen. Es dauerte eine Weile, bis er begriff, was geschehen war.

Rita lehnte vornübergebeugt mit blassem Gesicht an der Wand und hielt sich die Hand vor den Mund. Ihre Halsschlagader pochte wild. In der Haustür stand Fredi Jaspers mit einer großen, weißen Gipsschale auf seiner Nase. Die Gipsschale wurde auf beiden Seiten von breiten, weißen Pflastern gehalten. Borowka blickte verwirrt zwischen den beiden hin und her. „Was ist denn hier los?“

Fredi zuckte ratlos mit den Schultern. Ritas Hand war mittlerweile auf ihren Bauch gewandert, den sie sich nun stattdessen hielt. Nur langsam fand sie ihre Sprache wieder: „Ich ... ich ... dachte, das ist ... das ist das Phantom der Oper oder dieser ... Mörder aus ‚Halloween' ... und der will mich ..."

Borowka ließ die Säge zu Boden sinken und nahm Rita tröstend in den Arm. Böse fixierte er Fredi: „Bist du bekloppt, Fredi? Abends um die Zeit an Häusertüren zu klingeln und Leute zu erschrecken."

Fredi war eingeschnappt. „Was soll das denn heißen? Ich wollte Rita doch gar nicht erschrecken. Was kann ich denn dafür, dass ich die Nase gebrochen hab? Das tut weh genug. Ich wollte dir bloß was zeigen kommen, Borowka."

Borowka winkte verärgert ab, doch Rita, die sich mittlerweile wieder gesammelt hatte, beschwichtigte: „Richard, jetzt sei nicht so. Das war doch nur ein Missverständnis. Guck ruhig, was der Fredi dir zeigen will. Ich geh solange im Wohnzimmer und trink ein Glas Wasser für zur Beruhigung."

Als Rita im Wohnzimmer verschwunden war, beugte Borowka sich zu Fredi hinüber und flüsterte: „Fredi, hat das nicht bis morgen Zeit? Das ist gerade total schlecht."

Fredi schüttelte den Kopf. „Nee, das hat nicht bis morgen Zeit. Außerdem geht das ganz schnell." Er zog Borowka vor die Tür. „Ich hab das da vorne im Auto." Fredi ging vor zu seinem hellblauen Fiat Panda, den er am Bordstein vor der wild wuchernden Hecke geparkt hatte. Borowka trottete missmutig hinterher und warf dabei einen sehnsüchtigen Blick zurück zum Haus. Derweil mühte Fredi sich ächzend, etwas Großes und Unförmiges vom Beifahrersitz auf den Bürgersteig zu hieven. Im schwachen Licht der Straßenlaterne konnte Borowka nicht genau erkennen, worum es sich handelte. Fredi stellte es ab und zeigte darauf.

Borowka war irritiert. Was sollte das sein? Das Gebilde war etwa 1,60 Meter hoch, stand auf vier Beinen und war komplett aus blank poliertem Stahl zusammengeschweißt. Und es war offensichtlich sehr schwer, wenn er Fredis Stöhnen beim Herausheben aus dem Auto richtig interpretierte. Auf den vier Beinen war eine flache Platte angebracht, von der auf der einen Seite ein langes Stahlrohr in die Höhe ragte. Es sah aus wie ein Stuhl mit einer langen, zu schmal geratenen Rückenlehne. Aber für einen Stuhl war die flache Platte zu groß. Am oberen Ende des Rohrs war ein um 90 Grad gewinkeltes Endstück angebracht. Die offene Stelle war mit Pappe zugeklebt, auf der mit ungeschickter Hand ein Smiley-Gesicht aufgemalt war. Fredi fragte mit stolz geschwellter Brust: „Und, wie findest du sie?“

Borowka sah ihn mitleidig an: „Wie soll ich ein Haufen zusammengeschraubter Schrott schon finden?“

„Du bist gemein, Borowka. Das ist Kunst. Das ist eine Giraffe.“

„Eine was?“

„Eine Giraffe! Ich habe heute der ganze Tag gebraucht, für die zusammenzubauen.“

„Sag mal, geht’s noch? Hast du zu viel Zeit, oder was?“

Fredi deutete auf die Gipsschale in seinem Gesicht: „Ich bin doch krankgeschrieben. Meinst du, die Giraffe gefällt Martina?“

Borowka war einen kurzen Moment sprachlos: „Stop mal eben. Du willst Martina doch nicht etwa hier der Blechhaufen auf vier Beine schenken?“

„Na klar. Die sammelt doch Giraffen."

Borowka seufzte. Es war mal wieder an der Zeit, deutlich zu werden. „Fredi. Jetzt hör mir mal gut zu. Erstens: Martina sammelt Stoffgiraffen. Zweitens: Hör endlich auf, die mit irgendwelche Geschenke zu belästigen. Damit machst du es doch nur noch schlimmer. Und drittens: Lass mir der Scheiß bloß nicht hier im Vorgarten stehen. Ich hab mit Hastenraths Marlene schon genug Ärger wegen die Hecke."

Fredi sah seinen Kumpel mit traurigen Augen an. Eine einsame Träne kullerte ihm über die Wange. Borowka wurde weich. Er fasste Fredi an die Schulter und schlug einen versöhnlichen Tonfall an: „Ich weiß, dass das nicht einfach ist. Aber denk doch mal dadran, was die Martina mit die ganzen Blumensträuße gemacht hat, die du die in die letzten zwei Jahre geschenkt hast. Die hat die alle in die Biotonne geschmissen. Und der letzte Blumenstrauß, den hat dir der ihr neuer Typ sogar vor die Tür geworfen. Das bringt doch alles nix. Oder erinner dich an das Ordnungsgeld, das du bezahlen musstest, weil du ‚Martina, ich libbe disch' auf der Brückenpfeiler gepinselt hast. Wo die dich wegen die Rechtschreibfehler überführt haben. Und hör vor allen Dingen auf, vor dem Haus von Martina und ihre Eltern Patrollje zu stehen. Der alte Wimmers hat deswegen schon zweimal die Polizei gerufen."

„Aber bis die da sind, bin ich ja immer schon weg", sagte Fredi triumphierend. Borowka ließ sich nicht beirren. „Vergess die Frau einfach. So hart das klingt, Fredi. Der ihr neuer Typ spielt in eine andere Liga."

„Und genau deshalb hab ich die Giraffe geschweißt", sagte Fredi bockig. „Was der mit seine komische Schlosserei kann, das kann ich schon lange. Ich werde Martina heute Nacht mein Giraffen-Kunstwerk vor die Haustür stellen. Und dann wird die morgen früh wissen, was die an mir hat.“

Die letzten Sätze hatte Borowka nur noch halb mitbekommen, weil er im Augenwinkel durch das hell erleuchtete Wohnzimmerfenster beobachtet hatte, wie Rita aufgestanden war, sich reckte und mit weit geöffnetem Mund gähnte. So ein Mist, dachte er. Er wandte sich wieder Fredi zu und sagte: „Weißt du was, Fredi? Tu, was du nicht lassen kannst. Ich hab jedenfalls was Besseres zu tun, als mit dir zu diskutieren.“ Er winkte noch kurz und verschwand dann schnell im Haus. Die Haustür fiel krachend hinter ihm ins Schloss.

Fredi drehte sich entschlossen um und wuchtete die Stahlgiraffe wieder mit einiger Anstrengung zurück auf den Beifahrersitz seines Fiats. Der Hals der Giraffe war so lang, dass der Kopf aus dem geöffneten Fenster ragte. Fredi stieg ein und fuhr mit quietschenden Reifen los – zum Haus seiner ehemaligen zukünftigen Schwiegereltern.

Als Borowka ins Wohnzimmer gelaufen kam, wäre er fast mit Rita zusammengestoßen. Sie sagte lächelnd: „Ich dachte, es dauert noch länger. Ich wollte gerade nach Bett.“

„Aber nicht doch“, sagte Borowka und führte Rita zurück ins Wohnzimmer. Sie ließ sich bereitwillig darauf ein. Nebeneinander setzten sie sich aufs Sofa. Borowka löschte das große Deckenlicht. Nun erhellten nur noch ein paar Duftkerzen den Raum. Sie sahen sich lange an. Plötzlich fiel Borowka ein, dass die Sektflasche zersprungen war. Er hob an: „Rita, die Sektflasche ist ...“

Rita hielt ihm mit ihren langen, falschen Fingernägeln den Mund zu und wisperte verführerisch: „Sssch ... wir brauchen keinen Sekt mehr. Du warst heute so heldenhaft und so romantisch wie seit Jahren nicht. Bleib hier. Ich geh nur mal eben im Bad – mich frisch machen. Dauert nur ein paar Minuten."

Als Rita so elfenhaft, wie es ihr möglich war, aus dem Zimmer geschwebt war, rieb Borowka sich voller Vorfreude die Hände. Noch einmal würde er sich diese Chance heute nicht entgehen lassen. Viel zu selten war das Paar ungestört, seit es in die Einliegerwohnung im Haus von Ritas Eltern gezogen war. Nervös bereitete er sich deshalb auf Ritas Rückkehr vor. Dann – nach einer kurzen Weile tauchte ihr Schatten im Türrahmen auf. Borowka sprang, seinem soeben ausgetüftelten Plan folgend, auf, griff Rita, ließ sich mit ihr rückwärts auf das Sofa fallen und drückte ihr mit romantisch geschlossenen Augen einen festen, feuchten Kuss auf die Lippen. Doch plötzlich blieb ihm die Luft weg. Etwas drückte schwer auf seinen Brustkorb. Es kam ihm vor, als hätte Rita in den wenigen Minuten im Bad gut 30 Kilo zugenommen. Nach Luft ringend riss er die Augen auf und blickte in das verdutzte Gesicht seiner Schwiegermutter, die er wie einen großen Rollbraten umklammert hielt. Ritas Mutter konnte nur noch ein perplexes „Ich hatte meine Jacke vergessen" hervorpressen, bevor Borowka ihren massigen Körper erschrocken losließ und dieser ungebremst auf den harten Wohnzimmerboden krachte.

19

Mittwoch, 14. Mai, 0.51 Uhr

Beschwingt von mehreren Gläsern Wein schlängelte Billa Jackels sich vorsichtig den Kiesweg entlang, der von ihrer Einfahrt zur Haustür führte. Das Spanferkel verursachte ihr leichtes Aufstoßen. Dabei hatte sie ihre Portion nicht einmal ganz aufbekommen. Die Reste befanden sich in ihrer Handtasche, sicher verpackt in ihrer Regenhaube. Daneben lag auch der Schlüsselbund, den sie, vor der Haustür angekommen, so leise wie möglich herausfingerte. Der schwache Schein der Straßenlaterne spendete gerade so viel Licht, dass sie den grün lackierten Schlüssel fand und nach einigen fehlgeschlagenen Versuchen behutsam ins Schloss einführen konnte. Fast geräuschlos gelang es ihr, die Tür aufzuschieben. Sie freute sich, denn sie wusste, dass ihr Josef um die Zeit bereits seit mindestens drei Stunden schlief. Und da ihr Mann sich als pflichtbewusster, stets einsatzbereiter Feuerwehrmann einen sehr leichten Schlaf antrainiert hatte, schlich sie auf leisen Sohlen in den Flur und ließ die Tür behutsam hinter sich ins Schloss schnappen. Plötzlich jedoch hörte sie Geräusche aus dem Wohnzimmer. Wahrscheinlich hatte Josef vergessen, den Fernseher auszuschalten. Sie ging ins Wohnzimmer und erschrak. Um den Couchtisch herum saßen Josef, Will und Grundschullehrer Haselheim. Das ungleiche Trio war in eine angeregte und offenbar sehr lustige Unterhaltung verstrickt, denn es wurde laut und dreckig gelacht. Immer wieder schlug Will Peter Haselheim prustend auf die Schulter, sodass dieser Mühe hatte, nicht aus dem Sessel zu kippen. Auf dem Couchtisch standen zwei leere und eine angebrochene Flasche Scharlachberg Meisterbrand, drei Cognacgläser, eine Schale Flips und ein überquellender Aschenbecher. Erst nachdem Billa sich mehrfach laut geräuspert hatte, bemerkte Josef seine Frau. Er grinste sie mit glutroten Wangen und leicht glasigen Augen an: „Billa. Du bist schon wieder da?"

Billa stemmte wütend die Arme in die Hüften: „Wer hat hier drinnen geraucht?"

Einige Sekunden lang starrten die drei Männer sie an. Dann zeigten sie gegenseitig aufeinander und prusteten laut los. Will schlug, fast schon wiehernd, Haselheim erneut auf die Schulter. Diesmal fiel der allerdings tatsächlich vom Sessel und riss die Schale Flips mit auf den Boden, als er daran Halt suchte. Die auf dem weißen Flokatiteppich verstreuten Flips sorgten für nur noch mehr Gelächter und Billa wusste, dass es heute keinen Zweck mehr haben würde, ein Machtwort zu sprechen. Sie wusste aber auch, wer in den nächsten sechs Wochen den Müll rausbringen würde. Ohne ein weiteres Wort verschwand sie in der Küche.

Im Wohnzimmer beruhigte sich die überdrehte Stimmung ein wenig. Will goss die Gläser noch einmal voll und ignorierte dabei, wie schon den ganzen Abend, Josefs zaghaft abwehrende Handbewegung. Haselheim rappelte sich wieder hoch und ließ sich schnaufend in den Sessel fallen. Plötzlich erhob sich Josef und ging wortlos hinüber zum massiven Eichenschrank. Er öffnete eine breite, tiefe Schublade, auf der ein großer, kunstvoll verzierter Schlüssel steckte. Mit einiger Mühe zog er daraus einen alten Schuhkarton hervor, der eingeklemmt zu sein schien. Der Schuhkarton, dessen Deckel sich unter der Fülle des Inhalts wölbte, war notdürftig mit einem Einmachgummi umspannt. Mit krakeliger Handschrift hatte jemand „GG“ auf die Seite gekritzelt. Josef hielt den Karton triumphierend in die Höhe. Will und Haselheim sahen ihn fragend an.

„Das hatte ich schon ganz vergessen“, sagte Josef. „Das sind die persönlichen Unterlagen von Gerhard Geiser. Die hatte mir dem seine Frau, ähm, also, Witwe heißt die ja jetzt, letzte Woche gegeben, für dass ich die mal durchgucke. Ob da noch wichtige Sachen für die Vereine bei sind. Wenn nicht, soll ich das Zeug wegwerfen, weil die es nicht mehr haben will.“

Will schüttelte verständnislos den Kopf. „Wie, wegwerfen? Das ist ja unfassbar. Wie geht die Frau denn mit dem Andenken eines der größten Saffelener um? Was der Gerhard alles für unser Dorf getan hat. Das ist absolut unglaublich.“

„Jetzt geht das schon wieder los.“ Josef schüttelte verständnislos den Kopf. „Will. Das ist genau der Grund, weswegen die mir die Sachen gegeben hat und nicht dir. Die wollte mit dir nicht schon wieder über der Gerhard diskutieren. Du tust immer so, als wenn der Gerhard so eine leuchtende Lichtgestalt gewesen wär, dabei darf ich dich mal dadran erinnern, dass der auch ...“

„Jetzt beruhigen Sie sich mal,“ unterbrach Haselheim, der mit einem Mal wieder einen sehr ernsthaften Eindruck machte.

„Ist Ihnen eigentlich klar, dass in der Kiste die Lösung stecken könnte? Das sind die persönlichen Unterlagen von Gerhard Geiser und wir suchen nach einem Täter, der fieberhaft etwas im Umfeld von Gerhard Geiser sucht."

„Vielleicht sogar die Kiste?", überlegte Will.

„Das glaube ich nicht", sagte Josef, stellte den Karton auf den Tisch und zog vorsichtig das Einmachgummi ab. Unter dem Deckel stapelten sich unordentlich ineinander verschachtelte Papiere. „Guckt mal hier. Das sind alles nur Quittungen und Zettelchen. Die sind bestimmt nicht wertvoll."

Haselheims Wangen glühten vor Aufregung. „Wer weiß, vielleicht finden wir irgendeinen Hinweis. Lassen Sie uns den Inhalt doch mal genau untersuchen, meine Herren." Er machte Platz auf dem Couchtisch und leerte die Kiste aus. Sofort machten er und Josef sich daran, die Blätter zu sortieren.

Will stand auf und sagte: „Eigentlich bin ich strikt dagegen, in Gerhard seine persönlichen Unterlagen zu wühlen, für dem sein Andenken nicht zu beschmutzen. Aber ...," fügte er seufzend hinzu, „wenn es denn der Wahrheitsfindung dient. Fangt schon mal an. Ich muss noch mal eben nach Klo."

Josef wies auf den Esszimmertisch. „Die Prisma liegt da hinten." Will warf ihm einen genervten Blick zu. „Ich bin sofort wieder da."

Auf dem Weg zur Gästetoilette musste Will die Küche durchqueren. Dort traf er auf Billa, die wieder einen sehr entspannten Eindruck machte. Die Weinseligkeit hatte offenbar gegenüber dem Ärger die Oberhand gewonnen. Vor sich auf dem Küchentisch ausgebreitet hatte sie große Mengen Messer, Gabeln und Löffel. Auf der Eckbank stand ein Besteckkasten.

Mit großer Sorgfalt nahm sie immer ein Besteckteil vom Tisch, polierte es gründlich mit einem speziellen Lappen, den sie vorher in eine Flüssigkeit getunkt hatte und legte es dann an den dafür vorgesehenen Platz in den Kasten. Sie lächelte Will an. „Hallo Will. Marlene hat mir eben bei den Weight Watchers erzählt, dass du diesem Udo dicht auf den Fersen bist."

„Wem?"

„Ja hier, Udo, dem Einbrecher."

Will neigte leicht den Kopf. „Der heißt Pluto. Das ist aber nur ein Deckname, den wir dem gegeben haben. Das macht man so in Kriminalfälle. Ich sag mal so: Wir ermitteln in alle Richtungen. Wir müssen aber noch herausfinden, was dieser Pluto sucht und wo er wieder zuschlagen wird. Was bist du da überhaupt am machen, Billa?"

„Ich polier das Silberbesteck. Am Sonntag kommt dem Josef seine Erbtante zu Besuch und da wollen wir nix dem Zufall überlassen. Das ist echtes Tafelsilber aus Italien." Sie hielt einen blinkenden Suppenlöffel in die Höhe. Das darin reflektierende Licht der Küchenlampe blendete Will. Als er die Augen zukniff, schossen ihm plötzlich stakkatoartige Bilder von blitzendem Silber und glänzendem Chrom durch den Kopf, und mit einem Mal wurde ihm alles klar. Warum war er nicht eher darauf gekommen? Er spürte, wie ihm die Farbe aus dem Gesicht wich. Ihn überkam Übelkeit. Er musste sich an der Wand abstützen und stöhnte laut auf: „Mein Gott, ich weiß, was Pluto sucht."

Billa ließ den Löffel sinken und sah ihn mit großen Augen an. Haselheim und Josef hatten sein Stöhnen gehört und kamen in die Küche gelaufen. Josef hielt den Schuhkarton fest umklammert.

Haselheim platzte vor Neugier: „Jetzt sagen Sie schon, Herr Hastenrath. Was sucht Pluto?“

„Die silberne Ehrenkette“, stammelte Will blass wie ein Kalkeimer. „Gerhard hat für seine großen Verdienste kurz vor seinem Tod eine Art Ehren-Bürgermeister-Kette vom Kreis erhalten. Die war extra von einem bekannten holländischen Goldschmied gefertigt worden und ist über 25.000 Euro wert. Da sind sogar das Saffelener Dorfwappen und dem Gerhard seine Initialen drin eingraviert.“

„Mein Gott“, stieß Haselheim hervor, „und ich glaube, Herr Jackels und ich wissen, wo er danach suchen wird.“

Josef hielt einen Brief in die Höhe: „Gerhard Geiser hatte ein Patenkind in Saffelen. Wusstet ihr das?“ Will und Billa schüttelten gleichzeitig den Kopf. „Sie hat ihm ein paar Briefe geschickt und sich immer wieder für Geschenke bedankt.“

„Nun sag schon. Wer ist es?“, fragte Will ungeduldig.

„Die Tochter von Wurst Wimmers – Martina Wimmers.“

Billa schlug die Hände vors Gesicht: „Du meine Güte. Martina! Wir müssen sofort die Polizei rufen.“

20

Mittwoch, 14. Mai, 1.06 Uhr

Fredi wurde von einem grunzenden Schnarchgeräusch geweckt. Er schreckte hoch. Dann bemerkte er, dass es sein eigenes Schnarchen gewesen war. Er brauchte einen Augenblick, um sich zu sammeln, dann wusste er wieder, wo er war. Er saß eingeklemmt hinter dem Steuer seines kleinen Fiat Pandas. Sein Nacken schmerzte. Er sah auf die Armbanduhr, die er auf dem Armaturenbrett abgelegt hatte: Ein Uhr sechs. Er hatte gut 20 Minuten geschlafen. Die kurze Zeit hatte ausgereicht, um ihn an einen sonnüberfluteten Palmenstrand zu versetzen, an dem er Martina, die auf einer Bambusmatte lag, ihren wunderschönen Körper mit den süßen, kleinen Hüftpölsterchen einrieb. Und zwar mit einer Sonnenmilch, die nach Kokos duftete. Kokos war Martinas Lieblingsgeruch – neben Tosca.

Aber nun befand er sich wieder in der Enge seiner Panda-Fahrgastzelle auf seinem Stammplatz im Schatten eines gewaltigen Nussbaums, der ihm zwar einen Blick freigab auf Martinas Zimmer, der aber, wie er sich sicher war, ihr den Blick auf seinen Panda versperrte. Hier hatte er oft gestanden in den letzten 27 Monaten, 15 Tagen und fast 23 Stunden und sehnsüchtig hinaufgeschaut. Nicht selten war er dabei eingeschlafen und bei

Sonnenaufgang vom klappernden Schutzblech des Zeitungsboten geweckt worden. Anders als sonst hatte er diesmal aber eine Mission. Auf seinem Beifahrersitz saß angeschnallt die liebevoll gefertigte Stahlgiraffe, deren Kopf aus dem heruntergekurbelten Fenster ragte. Ein wenig wollte er noch warten, bis er das Kunstwerk hinübertrug, um es gut sichtbar im Vorgarten zu platzieren. Seit gut zwei Stunden war das Licht in Martinas Zimmer gelöscht. Offenbar musste sie am nächsten Tag früh raus, denn normalerweise blieb sie immer länger wach. Fredi atmete die klare Nachtluft ein, die aus dem heruntergelassenen Fenster hereinströmte. Der Sommer kündigte sich mit einem duftenden Mix aus Flieder, Fuchsien und Geranien an. Außer dem vereinzelten Zirpen der Grillen war nichts zu hören, abgesehen von dem leise wummernden „Africa“ von Toto, das sich aus einem kleinen 15-Watt-Lautsprecher in Fredis Gehörgang schmeichelte. Die Box hatte Borowka ihm samt batteriebetriebenem CD-Player in das überdimensional große Ablagefach montiert. Dieses Ablagefach war so ziemlich das einzige Große an Fredis Panda 750 Fire, Baujahr ‘92. Nicht einmal über ein Radio verfügte der Fire serienmäßig. Und was genau feurig war an dem Modell, würde wohl für immer das Geheimnis der Konstrukteure bleiben. Borowka redete fast täglich auf Fredi ein, sich endlich von diesem, wie er es nannte, „Italo-Trabbi“ zu trennen. Und ganz Unrecht hatte er sicher nicht. Das fehlende Radio war nicht das einzige Manko an diesem überdachten Gokart. Die 34 PS, mit denen man endlose 25 Sekunden brauchte, um von 0 auf 100 zu beschleunigen und das dünne Blech, das das ganze Auto zu einer einzigen Knautschzone machte, entsprachen nicht gerade dem, was man sich unter einem komfortablen Pkw vorstellte. Was Borowka aber am meisten nervte an Fredis Panda, war die Tatsache, dass man studiert haben musste, um die Tür von innen zu öffnen. Das funktionierte nämlich nur mittels eines Geheimgriffs, der kaum sichtbar in der Seitenablage versteckt war. Diese Ablage befand sich auf Höhe des Ellenbogens an der Tür und war in schwarz gehalten. Um die Tür zu öffnen, musste man die Kante am vorderen Ende anheben. Als Borowka das erste Mal versucht hatte, die Beifahrertür von innen zu öffnen, war er in seiner Verzweiflung nach fünf Minuten durchs Fenster ins Freie geklettert. Seitdem ließ er sich nur noch in absoluten Notfällen von Fredi mitnehmen.

Auch Fredi ärgerte sich oft über seinen Panda. Zum Beispiel darüber, dass man die Fenster genau anders herum als in anderen Autos herunterkurbelte oder dass es von außen keine Türgriffe gab, sondern nur eckige Schlüssellöcher, die man hereindrücken musste, oder dass das Ersatzrad im Motor- statt im Kofferraum untergebracht war. Aber irgendwie war er nie dazu gekommen, sich nach einem neuen Wagen umzusehen, so wie es ihm ohnehin schwerfiel, sich von alten Gewohnheiten zu lösen. Und aus genau diesem Grund hörte er sich zum wahrscheinlich dreitausendsten Mal bei Totos „Africa“ mitsummen, das immer noch leise durch den kleinen Lautsprecher dröhnte. Es war kein Zufall, dass das Lied gerade jetzt lief, als er an Martina dachte. Denn zum einen dachte er immer an Martina und zum anderen stand der Song auf „Repeat“, das bedeutet, er lief schon während der ganzen Zeit seiner Nachtwache.

Gedankenverloren streichelte Fredi den kalten Stahl der Giraffe. „Weißt du, Giraffe? Du hast es gut. Du hast keine Gefühle, die man verletzen kann. Du weißt nicht, wie das ist, wenn man jemanden ohne Wenn und Aber liebt. Das ist nämlich nur so lange schön, wie der andere dich auch liebt. Aber wenn der andere dich plötzlich nicht mehr liebt, dann ist das als wie als wenn dir einer mit bloße Hände das Herz rausreißt. Wie dieser böse Priester in ‚Indiana Jones und der Tempel des Todes'. Dann gibt es Momente, da weiß man gar nicht, was man überhaupt noch auf der Welt machen soll. Kennst du die Straße nach Waldenrath? Ach nee, die kannst du gar nicht kennen. Ich habe dich ja erst heute Morgen gemacht. Auf jeden Fall hat die Straße eine ganz scharfe Rechtskurve und geradeaus steht ein Betonpfeiler. Und jedes Mal, wenn ich an die Stelle vorbeikomm, denke ich, wie das wohl wäre, wenn ich jetzt einfach geradeaus fahren würde. Dann wäre der ganze Schmerz in eine Sekunde vorbei. Aber weißt du was, Giraffe? Ich trau mich nicht. Ich bin viel zu feige dafür. Das Mutigste, was ich in mein Leben je gemacht habe, war schwarzfahren in einem Bus voller Fußballfans, die vom Stadion zum Bahnhof fuhren. Aber da hätte sich wahrscheinlich sowieso kein Schaffner getraut, da drin zu kontrollieren. Die hätten dem direkt die Nase platt gehauen." Fredi musste lachen und fasste sich an die Gipsschale, die immer noch stramm auf seinem Nasenrücken saß. „Genau wie bei mir. Na ja, was meinst du, Giraffe? Ich glaube, es ist soweit. Ich werde dich jetzt aussetzen. Du bist Herpes, der Liebesbote, oder wie der heißt." Fredi stellte den CD-Player aus und wollte gerade aussteigen, als er in der Ferne eine Autotür wahrnahm, die geöffnet und kurz danach sehr vorsichtig wieder geschlossen wurde. Und obwohl sie nicht zugeworfen wurde, erkannte Fredi sofort das Fabrikat. Es handelte sich um die Tür eines Audis. Entweder ein Audi A6 oder ein Audi A8. In dem Punkt war er sich nicht ganz sicher, weil beide Modelle die gleichen Türgummis verwendeten. Fredi konnte nämlich fast alle Automarken am Knallen der Tür erkennen. Das war so eine Art Hobby von ihm. Schon oft hatte er mit dieser Fähigkeit Leute beeindruckt. Viele hatten gesagt, er solle damit doch mal zu „Wetten dass ...?“ gehen, aber Fredi war so etwas unangenehm. Er stand nicht gern im Mittelpunkt.

Als auf der Straße eine dunkel gekleidete Person mit einer umgehängten Tasche erschien, rutschte Fredi tief in seinen Sitz, sodass er gerade noch durch den Zwischenraum seines Lenkrads hindurch die Szenerie beobachten konnte. Die Person kam auf ihn zu, bog dann aber zielstrebig hinter dem mächtigen Rhododendronstrauch in die gepflasterte Zufahrt zur Villa der Wimmers ein. Dort verlangsamte sie ihren Schritt, schaute sich zu allen Seiten um und schlich die letzten Meter bis zur Haustür in gebückter Haltung. „Verdammte Scheiße, wer ist das denn?“, dachte Fredi. Ein Gefühl der Beklemmung kroch in ihm hoch. An der Haustür angekommen, kniete sich die Person vor das Türschloss und setzte lautlos ihre Tasche auf der zweistufigen Treppe ab. In diesem Moment sprang der Bewegungsmelder an und tauchte die komplette Einfahrt in helles Licht. Die Person war nur einen kurzen Moment irritiert, griff schnell in die Tasche und zog sich professionell eine schwarze Sturmhaube mit Sehschlitzen über. Und auch wenn es nur ein kurzer Moment war, für den Fredi einen Blick auf das Gesicht der Person erhaschen konnte, hatte er vollkommen ausgereicht. Fredi hatte ihn sofort erkannt: Der Mann, der gerade versuchte, in die Villa der Familie Wimmers einzubrechen, war niemand anderes als Sascha, Martinas neuer Freund. Als dieser, ohne den Hauch von Nervosität zu zeigen, einen großen Schlüsselbund aus seiner Tasche fischte, meißelte sich die Erkenntnis mit aller Urgewalt in Fredis Hirn. Er hatte es hier nicht nur mit Sascha zu tun. Mein Gott, dachte er, Sascha ist Pluto! Als ihm klar wurde, in welcher Gefahr Martina schwebte, überschlugen sich seine Gedanken. Hektisch griff er sein Handy, das in der Mittelkonsole lag. Doch seine Hände waren so schwitzig, dass es ihm aus der Hand glitt und in den Fußraum fiel. Während Fredi im Dunkeln zwischen seinen angewinkelten Knien danach tastete, versuchte er, sich zu beruhigen. Sein Herz hämmerte. Du musst jetzt ganz cool bleiben, sagte er sich. Dann bekam er das Handy zu fassen. Bevor er wählte, blickte er noch einmal zur Haustür. Sascha war noch immer in aller Ruhe dabei, einen Schlüssel nach dem anderen auszuprobieren. Fredi wählte 110.

Nach schier endlosen Sekunden meldete sich eine tiefe Stimme: „Polizeidienststelle Heinsberg, Marx mein Name."

„Ja hallo, mein Name ist Fredi Jaspers. Ich stehe hier zufällig mit mein Wagen in Saffelen vor dem Haus von Hans Wimmers. Und gerade versucht Pluto, da drin einzubrechen." Es entstand eine kurze Pause. Fredi glaubte schon, die Leitung sei unterbrochen.

Dann räusperte sich die Stimme: „Entschuldigung, haben Sie was getrunken? Wer, bitte schön, ist Pluto?"

„Wie getrunken? Was soll denn der Quatsch? Pluto ist dieser Serieneinbrecher in Saffelen. Und ich bin gerade dabei, dem auf frischer Tat zu ertappen."

Endlich hatte der Polizist verstanden: „Saffelen? Der Einbrecher? Grundgütiger. Hören Sie. Bleiben Sie ganz ruhig.

Versuchen Sie, ihn aufzuhalten, aber seien Sie vorsichtig. Ich werde Kommissar Kleinheinz verständigen und schicke Ihnen sofort eine Streife raus. Die wird so schnell wie möglich da sein – in spätestens einer Dreiviertelstunde." Er legte auf.

Fredi starrte auf das erlöschende Display seines Handys. Versuchen Sie ihn aufzuhalten, aber seien Sie vorsichtig? Dreiviertelstunde? Ein dicker Kloß setzte sich in seinem Hals fest, Schweiß trat ihm auf die Stirn. Seine gebrochene Nase pochte. Er blickte auf das Haus. Sascha mühte sich immer noch mit dem Schloss ab. Fredis Blick wanderte hoch zum Fenster von Martina. Er hatte keine andere Wahl. Nie könnte er es sich verzeihen, wenn ihr etwas zustoßen würde. Er glitt lautlos aus seinem Panda und schlich sich geduckt bis zum Rhododendronstrauch. Auf dessen Rückseite pirschte er sich an weiteren Büschen vorbei, bis er ungefähr auf Höhe der Eingangstür war. Die Sicht war ihm versperrt, aber er war bereits so nah, dass er Sascha atmen hörte. Es war ein ruhiges, gleichmäßiges Atmen. Ganz anders als bei Fredi, der sogar befürchtete, dass man sein Herzklopfen hören könnte. Ohne lange nachzudenken, nahm er seinen ganzen Mut zusammen und kämpfte sich durch den Strauch auf die andere Seite.

Als er dort hervortrat, drehte Sascha sich um und richtete sich blitzschnell auf. Durch die Sehschlitze erkannte er Fredi Jaspers und entspannte sich auf der Stelle.

Fredi bemühte sich, mit fester Stimme zu sprechen: „He Arschloch. Man sieht sich immer zweimal im Leben. Die Polizei ist schon unterwegs."

Sascha trat einen Schritt auf Fredi zu, Fredi wich instinktiv zurück, blieb dann aber stehen und ballte seine Fäuste.

„Ganz ruhig, Kleiner. Keine Ahnung, wovon du redest. Aber wir wollen doch hier niemanden wecken."

Saschas eiskalte Stimme jagte Fredi einen Schauer über den Rücken. Dennoch war er zum Kampf bereit. Sie bewegten sich voreinander wie zwei Hunde, die sich gegenseitig beschnupperten. Die dunklen Augen in den Sehschlitzen durchbohrten Fredi. Plötzlich griff Sascha sich mit der rechten Hand an den Gürtel. Fredi folgte der Bewegung mit seinem Blick und wusste in der nächsten Sekunde, dass es sich nur um ein Ablenkungsmanöver gehandelt hatte. Blitzschnell schoss Saschas linke Hand hoch und riss Fredi mit einem Ruck die Gipsschale von der Nase, die einige Meter weiter im Blumenbeet landete. Fredi versuchte noch die Hände vors Gesicht zu reißen, doch Sascha war erneut schneller. Mit der Wucht einer Kanonenkugel traf seine rechte Faust Fredis frisch gerichtete Nase, die zum zweiten Mal innerhalb von zwei Tagen mit einem lauten Knacken brach. Ein unvorstellbarer Schmerz durchzuckte Fredi. Er wollte laut losschreien, doch ihm entwich nur ein klägliches Japsen, denn im selben Moment traf ihn Saschas Knie mit voller Wucht im Magen und nahm ihm den Atem. Wie in Zeitlupe sackte er schwer getroffen zu Boden. Im Fallen spürte er noch einen heftigen Schlag neben dem rechten Ohr, dann kam er hart am Treppenabsatz auf. Er sah nur noch Blut und spürte nur noch Schmerz. Mehrere heftige Tritte trafen ihn, als er sich am Boden wand.

Irgendwie gelang es ihm, sich aufzurappeln und sich von der Tür wegzuschleppen. Sein Körper gehorchte ihm nur mühsam. Als er jedoch bemerkte, dass Sascha ihm nicht folgte, sammelte er seine letzten Kräfte, um hinkend zu fliehen.

Sascha sah Fredi hinterher, wie der aus der Einfahrt flüchtete. Wie ein angeschossener Hase, der versuchte, sich in seinen Bau zu retten. Ein jämmerliches Bild. Kein Wunder, dass er bei Martina so leichtes Spiel gehabt hatte. Bei einem solchen Loser als Vorgänger. Normalerweise hätte er sich einen Spaß daraus gemacht, dem Typ jetzt noch den Rest zu geben, aber die Zeit drängte. Es würde zwar noch eine Weile dauern, bis die Polizei eintreffen würde, die der miese Feigling angeblich gerufen hatte. Dennoch hatte ihn der kleine Zwischenfall wertvolle Minuten gekostet. Sobald er das Schloss geöffnet hatte, würde alles ganz schnell gehen. Er wusste genau, wo er zu suchen hatte. Mit ruhigem Puls machte er sich wieder daran, die Tür zu öffnen. In nicht mal einer Viertelstunde würde er seine Sorgen los sein. Sein Plan war perfekt. Er musste leise in sich hineinlachen, als er sich das dumme Gesicht von Martina vorstellte, wie sie in aller Herrgottsfrühe mit gepackten Koffern vergeblich auf den Prinz auf dem weißen Pferd wartete. Diese pummelige, grenzenlos naive Frau. Sie hatte es nicht besser verdient.

In diesem Moment rastete der Schlüssel ein. Vorsichtig drehte er ihn im Schloss und schob die Tür dann leise einen Spalt auf. Immer noch knieend verstaute er den Schlüsselbund in seiner Tasche. Plötzlich hörte er ein Rascheln im Busch direkt hinter sich. Kurz danach ein unterdrücktes Ächzen, das sehr nach Fredi Jaspers klang. Sascha ließ sich nicht anmerken, dass er ihn bemerkt hatte. Der ist doch zäher als ich vermutet hatte, dachte Sascha und umschloss mit der Hand fest das Stemmeisen, das sich ebenfalls in seiner Tasche befand. Er zählte leise bis drei, fuhr dann mit einer schnellen Bewegung herum – und erstarrte. Fredi stand nur wenige Zentimeter vor ihm mit einem riesigen Ungetüm, das er mit großer Mühe über seinem Kopf balancierte. Mit den Worten „Hasta la vista, Arschloch" ließ er es fallen. Sascha kam nicht mehr rechtzeitig aus der Hocke hoch. Eine gigantische Stahlgiraffe sauste auf ihn nieder. Dann wurde es dunkel.

21

Mittwoch, 14. Mai, 20.09 Uhr

Schwerer Zigarettenrauch hing wie ein Wolkenschleier in der Gaststube, die Luft war stickig und es herrschte ein ohrenbetäubender Lärm. Harry Aretz kämpfte sich schnaufend durch die Menschenmenge und öffnete ein Fenster nach dem anderen, um so etwas wie eine Lüftung zu simulieren. An seinem Hals hatten sich hektische Flecken gebildet. Annähernd so voll wie heute war seine Kneipe erst ein einziges Mal gewesen. Am 14. Juni 1985, der Tag, an dem Gerhard Geiser zum dritten Mal in Folge Schützenkönig geworden war und in einem unvergesslichen Zeremoniell zum ersten und bislang einzigen Schützenkaiser von Saffelen ernannt wurde. Und der heutige Tag war im Begriff, ein mindestens genauso historisches Datum zu werden. In der Nacht zuvor war der fürchterliche Pluto gefasst worden. Und nachdem Pluto festgenommen beziehungsweise vom Rettungswagen abtransportiert worden war, hatte in Saffelen den ganzen Vormittag über reges Treiben geherrscht. Kommissar Kleinheinz hatte sich mit einem Team der Spurensicherung den Tatort vorgenommen und die ganze Nachbarschaft befragt. Eine Pressekonferenz wollte er aber erst geben, wenn die Ermittlungen abgeschlossen und der mutmaßliche Täter verhört worden war. Ganz Saffelen aber war begierig darauf, zu erfahren, was genau in der letzten Nacht passiert und wie man Pluto auf die Schliche gekommen war. Aus diesem Grund hatte sich Ortsvorsteher Hastenrath, der maßgeblich zum Fahndungserfolg beigetragen hatte, dazu bereit erklärt, am Abend gemeinsam mit Fredi Jaspers, der Pluto mit einem genialen Manöver überwältigt hatte, eine Art Pressekonferenz für die Dorfbevölkerung in der Gaststätte Harry Aretz abzuhalten. Schon zwei Stunden vorher war der Saal völlig überfüllt gewesen. Harry Aretz zog die Falttür ganz auf und installierte Lautsprecher im Thekenbereich und auf der Kegelbahn, wo sich ebenfalls die Menschen drängelten. Neben seinem Neffen Maurice hatte er vier weitere Aushilfskellner bestellt, um dem Andrang Herr zu werden. Am Kopf des Saals hatte er einen großen Biertisch quer aufgestellt. Daran saßen bereits Richard Borowka, Peter Haselheim und Josef Jackels, letzterer selbstverständlich mit Uniform und Helm. Zwei Plätze in der Mitte waren noch frei. Auf dem Tisch standen drei Mikrofone, mit denen die Konferenz in die angrenzenden Räume übertragen werden sollte. Fast der komplette männliche Teil der Saffelener Bevölkerung war erschienen. Autohausbesitzer Heribert Oellers hatte neben seiner Belegschaft sogar seine beiden Schwarzarbeiter Hermann und Frantisek mitgebracht, die tags zuvor die Arbeiten am Anbau fertiggestellt hatten und am nächsten Morgen abreisen würden. Auch sie schienen sich mittlerweile für die Vorkommnisse im Dorf zu interessieren.

Plötzlich öffnete sich die hintere Tür, die hoch in die Privaträume von Harry Aretz führte. Unter unvorstellbarem Jubel betraten Wilhelm Hastenrath und Fredi Jaspers den Saal und genossen es sichtlich, sich feiern zu lassen. Fredi nahm zuerst Platz. Die letzte Nacht hatte Spuren in seinem Gesicht hinterlassen. Die gebrochene Nase, die am Vormittag erneut gerichtet worden war, war stark angeschwollen und wurde von einer noch größeren Gipsschale als bisher geschützt. Das rechte Auge schimmerte blau-violett und als er sich setzte, verzog er das Gesicht, was vermutlich an den Prellungen und seinen drei gebrochenen Rippen lag. Borowka, der neben ihm saß, klopfte ihm anerkennend und stolz auf die Schulter. Hastenraths Will zelebrierte seinen Auftritt noch ein wenig ausgiebiger. Wie Gerhard Schröder nach der gewonnenen Kanzlerwahl winkte er in die Menge und klatschte Hände ab. Nachdem auch er sich gesetzt hatte, räusperte er sich ins Mikrofon. Schlagartig wurde es mucksmäuschenstill im Saal.

„Liebe Saffelener, wir freuen uns sehr, Ihnen mitteilen zu können, dass in der vergangenen Nacht der mysteriöse Pluto gefasst werden konnte." Applaus brandete auf, den Will mit einer Handbewegung wieder zum Erliegen brachte. „Zunächst einmal möchte ich die Personen danken, die mit dazu beigetragen haben, dass wir diesen Erfolg heute feiern können. Und zwar sind das außer mir noch Josef Jackels, Peter Haselheim und Richard Borowka. Sie alle haben intensiv und entscheidend beim Ermitteln mitgeholfen." Es folgte ein lang anhaltender Applaus, zu dem sich jeder der Genannten zu einer kurzen Verbeugung erhob. „Und natürlich ein Extra-Applaus für Fredi Jaspers, der mit sein heldenhafter Einsatz Pluto am Ende zur Strecke gebracht hat." Erneut großer Applaus und vereinzelte „Fredi, Fredi"-Rufe, die allerdings vornehmlich aus den Reihen der Saffelener Fußballreserve kamen.

„Da Sie alle ein berechtigtes Interesse dadran haben, mehr über die Hintergründe zu erfahren", fuhr Will fort, „und die Polizei sich aus unerklärliche Gründe noch bedeckt hält, haben wir uns entschlossen, Ihnen heute Abend hier Rede und Antwort zu stehen. Also fangen Sie ruhig an zu fragen."

Das nun einsetzende Stimmengewirr, das keine vernünftige Fragestunde zuließ, veranlasste Peter Haselheim dazu, die Rolle des Moderators zu übernehmen. Erst nachdem er sich ein kabelloses Mikrofon gegriffen hatte und die Fragesteller rausfilterte, indem er ihnen das Mikro vor die Nase hielt, konnte eine ordnungsgemäße Pressekonferenz beginnen.

„Wer ist denn jetzt Pluto?"

Will, Josef und Fredi stimmten sich kurz ab, wer antworten sollte, dann beugte sich Will vor: „Sein Name ist Sascha Schnitzler. Er stammt aus Mönchengladbach und betreibt dort eine Schlosserei. Der ein oder andere hat ihn vielleicht auf dem Pfarrfest gesehen. Es handelt sich um der junge Mann, der vor ungefähr vier Wochen angefangen hat, mit Martina Wimmers auszugehen."

Fredi schluckte, blieb aber tapfer.

„Hat er die anderen Einbrüche denn auch schon gestanden?"

„Er liegt im Moment noch mit ein Schädel-Hirn-Trauma zweiten Grades im Kreiskrankenhaus und kann frühestens morgen früh verhört werden", sagte Josef Jackels.

„Aber im Prinzip ist der Fall klar", ergänzte Will. „Die Einbruchsserie begann vor etwa zwei Wochen, kurz nachdem Sascha angefangen hatte, mit Martina zu pussieren. Sascha ist gelernter Schlosser, kann also mit dem Dietrich umgehen, was er ja an der Haustür von Hans Wimmers bewiesen hat."

„Es heißt, der Täter habe die Ehren-Bürgermeisterkette von Gerhard Geiser gesucht. Wenn er aber doch aus Mönchengladbach kommt, woher wusste er denn überhaupt von der ihre Existenz?“

Jetzt beugte sich Fredi zum Mikrofon: „Die Polizei hat in dem sein bescheuerter Angeber-Audi A8 die Seite mit ein Artikel aus einer alten Tageszeitung gefunden, wodrin über die wertvolle Bürgermeisterkette berichtet wurde, die Gerhard Geiser geschenkt bekommen hatte.“

„Das heißt, die Tat war von langer Hand geplant?“

„Wir glauben nicht“, sagte Will, „wahrscheinlich war es reiner Zufall. Fredi hatte Martina heimlich ein Strauß Rosen vor die Tür gelegt. Vor drei Wochen. Oder wann war das genau, Fredi? Seit wann war der Sascha genau mit Martina zusammen?“

„Ist doch jetzt egal“, antwortete Fredi gereizt.

„Ja, auf jeden Fall waren die Rosenstiele mit dieser alten Zeitung umwickelt. Zwei Stunden später ist dieser Sascha mit sein Audi A8 an Fredis Wohnung vorbeigefahren und hat dem die Blumen wieder vor die Tür geworfen – aber ohne die Zeitungskrempe.“

Jetzt übernahm Peter Haselheim: „Nachdem Sascha davon gelesen hatte, begann er nach der Bürgermeisterkette zu suchen. Da er sie bei Gerhards Witwe nicht fand, suchte er der Reihe nach bei jedem, bei dem er sie vermutete. Am Ende machte er nicht einmal vor seiner eigenen Freundin Martina Halt.“

„Aber was hat Martina denn mit Gerhard Geiser zu tun?“

Josef Jackels räusperte sich kurz und ließ die Katze dann mit getragener Stimme aus dem Sack: „Sie war das Patenkind von Gerhard Geiser.“

Ein lautes Raunen ging durch den Saal.

Vom anderen Ende des Saales rief Spargel herüber: „Jetzt muss ich aber auch mal was fragen.“ Das Mikrofon wurde zu ihm durchgereicht. Als er es in der Hand hielt, fragte er: „Eins kapier ich nicht. Wenn dieser Sascha ein Audi A8 fährt und möglicherweise sogar irgendwann mal – Fredi, verzeih mir – Martina geheiratet hätte und Wursterbe geworden wäre. Warum sollte so jemand Einbrüche machen? Für dem ist so eine Kette doch Peanuts.“

Will nickte beipflichtend. „Da hast du absolut recht, Spargel. Dadrüber haben wir uns am Anfang auch der Kopf zerbrochen. Aber Kommissar Kleinheinz hat herausgefunden, dass dieser Sascha ganz dringend Geld brauchte. Der hat uns auch genau erklärt, wie man sich das vorstellen muss: Wenn man ein Auto nicht käuft, dann kann man das pachten. Der Auto gehörte dem also gar nicht richtig. Und für dem seine Firma hatte der schon vor Monate Inkontinenz angemeldet ...“

„Entschuldigung, Herr Hastenrath. Wenn ich Sie kurz unterbrechen darf“, fiel Haselheim dem Landwirt ins Wort. Die Saffelener hielten den Atem an und nahmen dann überrascht zur Kenntnis, dass Will den Lehrer mit gönnerhafter Geste gewähren ließ. Haselheim dozierte mit bedeutungsschwerer Stimme: „Was der Herr Hastenrath sagen will, ist Folgendes: Der A8 von Herrn Sascha Schnitzler war nur geleast und wäre in den nächsten Tagen von Audi wieder abgeholt worden. Audi besitzt nämlich bereits einen Titel gegen den Herrn Schnitzler, weil er seit Monaten keine Raten mehr bezahlt hatte. Und für die Schlosserei des Herrn Schnitzler ist schon vor über zwei Monaten der Insolvenzantrag gestellt worden. Und nicht nur das. Er wird höchstwahrscheinlich sogar wegen Insolvenzverschleppung angeklagt. Aber das dürfte im Moment wohl sein geringstes Problem sein."

Im Saal machte sich Gelächter breit, das in befriedigtes Gemurmel überging. Will nahm das zum Anlass, den offiziellen Teil zu beenden: „Ich denke, damit konnten wir die wichtigsten Fragen klären. Dann würde ich sagen, wir gehen jetzt zum gemütlichen Teil über. Harry, dreh der Zapfhahn auf neun Uhr."

„Einen Moment noch, Will." Die voluminöse Stimme von Heribert Oellers schallte durch den Raum, „Der Frantisek fragt mich gerade was, was mich auch interessieren würde. Wo ist denn überhaupt jetzt die wertvolle Ehren-Bürgermeisterkette?"

„Genau", platzte es auch aus Spargel heraus.

Alle Anwesenden hielten gespannt den Atem an. Wills Blick wanderte genüsslich durch den Saal. Er lehnte sich zurück und sagte: „Sie war die ganze Zeit bei mir."

Er ließ den Satz einige Sekunden wirken, dann erzählte er ausführlich, wie es dazu gekommen war; nicht ohne nebenbei wieder einmal die zahlreichen Verdienste Geisers aufzuzählen. Als Gerhard Geiser spürte, dass es mit ihm zu Ende ging, hatte er Will, der sein Nachfolger als Ortsvorsteher geworden war, gebeten, die Kette an sich zu nehmen und ihr ein ehrenvolles Andenken zu bewahren. Will verzichtete an dieser Stelle darauf, zu erwähnen, dass Gerhard vor allem die Sorge geäußert hatte, dass seine Frau die Kette würde einschmelzen lassen, weil sie solche Insignien der Macht hasste. Will schloss mit den Worten: „Und seitdem bewahre ich die Kette am sichersten Ort der Welt auf. Ein Ort, den außer mir noch nie jemand betreten hat. Mein Privatklo."

Im Saal brach lautes Gelächter aus. Haselheims despektierliche Frage, welch ein ehrenvolles Andenken der Kette an diesem Ort wohl zuteil werde, ging darin unter. Zum Glück für ihn, hatte er sich doch nach acht Jahren durch den Fall Pluto endlich so etwas wie Anerkennung in der Saffelener Bevölkerung erworben.

Als die Leute in engen Menschenknäueln den Saal verließen, rief Harry Aretz seine Thekenmannschaft zusammen: „Maurice, Hans-Gerd, Dirk, Rolle und Dose. Wie sagt man in England? Scho-Teim.“

22

Mittwoch, 14. Mai, 21.18 Uhr

„Wie viele Punkte hat denn Schweinebraten mit Sahnesoße, dicke Kartoffelknödel und Schlemmerrotkohl?“

Marlene musste kurz überlegen. „Bestimmt auch so 49. Aber das sind auf jeden Fall schon mal weniger als bei die Lammkeule mit fette Brühe, Kartoffeln, Schnittbohnen und vier Portionen Schinkenspeck, wo du eben von dran warst.“

Billa Jackels am anderen Ende der Telefonleitung stöhnte resignierend auf. Bereits seit einer Dreiviertelstunde berieten sich die beiden Freundinnen, was denn wohl das richtige Festmahl für Josef sei. Billa hatte sich vorgenommen, Josef am nächsten Tag mit einem Überraschungsmenü zu verwöhnen. Schließlich hatte er, genau wie Will, großen Anteil an der Festnahme von Pluto gehabt. Marlene hatte sich ebenfalls etwas Besonderes für ihren Will überlegt. Sobald er von seiner Pressekonferenz zurückkehrte, würde in der Küche eine seiner vielen Lieblingsspeisen auf ihn warten: ein frisch gebackener Marmorkuchen mit Jägermeisterfüllung.

„Marlene, du glaubst gar nicht, wie froh ich bin, dass der ganze Spuk endlich vorbei ist. Aber wie man sich doch in Menschen täuschen kann. Hättest du gedacht, dass dieser adrette junge Mann ein Verbrecher ist? Denk doch nur mal dadran, wie nett der mit Martina umgegangen war auf dem Pfarrfest."

„Ja, ich fand dem auch nett. Aber man kann die Leute immer nur vor der Kopf gucken. Wirklich schade, weil der war wirklich sehr charmant."

„Und gut aussehend."

„Und stark."

„Und gebildet."

„Und humorvoll."

„Ja", sagte Billa, „so was findet man selten heutzutage."

„Vor allem in Saffelen", seufzte Marlene.

„Aber auf der anderen Seite. Perfekt war der auch nicht. Jetzt mal abgesehen von die Einbrüche. Hans Wimmers musste mal mit dem nach dem Notarzt fahren, weil der bei denen eine Quarkspeise gegessen hatte mit Apfelstückchen drin."

Marlene zog die Augenbrauen hoch. „Wie Notarzt?"

„Ja, der wusste nicht, dass da Apfelstückchen drin waren. Und der hat eine schwere Obstallergie. Wenn der nur ein bisschen Obst isst, dann kriegt der sofort Atemnot und Ausschlag am ganzen Körper. Der Notarzt hat gesagt, das kann sogar lebensbedrohlich sein. Aber das konnten die Wimmers ja nicht wissen."

Marlene schüttelte den Kopf. „Was es nicht alles gibt. Das ist aber bestimmt, weil der aus der Stadt kommt. Die entwickeln da ja keine Abwehrstoffe für ihr Humansystem. Das habe ich mal in der Prisma gelesen."

Und so nahm das Telefongespräch in gewohnter Manier seinen Lauf. Über die ungesunde Lebensweise der Stadtbewohner ging es zur städtischen Verordnung, die gelbe Tonne nur noch jeden zweiten Mittwoch abzuholen, von da zum eingezogenen Führerschein von Mobers Paul-Heinz und zu dessen Frau, die beim Friseur über Billa gelästert haben soll bis hin zu einer neuen Trendsportart, die gerade in Saffelen Einzug hielt und sich Nordic Walking nannte.

Während Billa gerade von einem sehr interessanten Zeitungsbericht erzählte, in dem aufgedeckt worden war, wo Hans Meiser seinen Sommerurlaub verbringen will, stieg Marlene ein unangenehmer Geruch in die Nase. Ein Geruch, der ihr nur allzu vertraut war. „Mein Gott, der Marmorkuchen!" Sie ließ den Telefonhörer fallen und lief, so schnell es ihre Filzpantoffeln erlaubten, in die Küche, wo sie bereits von einer dunklen Rauchwolke empfangen wurde, die aus dem Ofen quoll. Sie griff sich zwei Spültücher. Eins davon hielt sie sich vor den Mund und mit dem anderen umwickelte sie ihre Hand, mit der sie schnell die Ofentür aufriss. Dichter Qualm umhüllte sie. Nachdem sie das Fenster geöffnet und eine Weile mit dem Spültuch gewedelt hatte, verzogen sich langsam die Schwaden. Nach einer weiteren Minute konnte sie mit ihren mit Plätzchenornamenten versehenen Backofenhandschuhen den steinharten, verkohlten Marmorkuchen aus dem Ofen ziehen. Sie stellte das kokelige Etwas auf den Küchentisch und ging zurück in den Flur, um Billa von ihrem Missgeschick zu erzählen. Dort angekommen, stellte sie fest, dass Hörer samt Wählscheibentelefon auf den Boden gekracht waren. Als sie sich das Telefon kurz ans Ohr hielt, fiel die Sprechmuschel heraus und landete klimpernd auf dem Boden. Die Leitung war tot. Marlene ärgerte sich. Das ist heute einfach nicht mein Tag, dachte sie und wusste zu diesem Zeitpunkt noch nicht annähernd, wie recht sie damit hatte.

23

Donnerstag, 15. Mai, 0.22 Uhr

In der Kneipe von Harry Aretz herrschte immer noch reges Treiben. Doch nach und nach holten sich die Leute ihre Jacken und gingen nach Hause, schließlich war der nächste Tag ein ganz normaler Arbeitstag. Fredi Jaspers und Richard Borowka hatten sich mit einem Bier in die äußerste Ecke unter dem mächtigen Hirschgeweih zurückgezogen, um abseits des Trubels den aufregenden letzten Abend noch einmal Revue passieren zu lassen. Borowka nahm sein Bierglas vom Deckel, der rundherum mit Strichen gesäumt war und brachte zum bestimmt zehnten Mal an diesem Abend einen Toast aus: „Auf Fredi Jaspers, die coole Sau. Muss ich ganz ehrlich sagen. Wie du dem Gel-Toni mit deiner Stahlgiraffe der Schädel rasiert hast – das war ganz großes Tennis."

Fredi winkte verlegen ab. „Jetzt hör mal auf. Ich mein, dir kann ich das ja sagen. Ich hatte ganz schön die Hose voll."

„Papperlapapp." Borowka hob das Glas in Richtung Schankraum und brüllte mit lallender Stimme: „Ein Hoch auf Fredi Jaspers, der Held von Saffelen."

Die verbliebenen Männer an der Theke, darunter Spargel und der harte Kern der Fußballreserve sowie einige Schützenbrüder, quittierten die Aufforderung mit beifälligem Gemurmel und prosteten freundlich zurück.

Fredi stieß Borowka leicht an: „Weißt du, was das Beste ist? Ich war heute Mittag im Krankenhaus, wo die mir die neue Gipsschale angepasst haben. Da geht auf einmal mein Handy. Was meinst du wohl, wer da dran war?"

„Kommissar Kleinheinz wegen eine Belohnung?!"

„Nein, viel besser. Martina!"

„Ist nicht wahr!" Borowka ließ sich erstaunt gegen die Stuhllehne zurückfallen.

Noch bevor er den nächsten Toast ausbringen konnte, sagte Fredi: „Das war vielleicht ein Gefühl. Der letzte Satz, dem ich für die gesagt hatte, war ..."

„... ja, ja, ich weiß. Der Scheiß mit die Kroketten."

„Genau. Auf jeden Fall hat Martina sich bedankt für mein heldenhafter Einsatz und sich dafür entschuldigt, dass die sich nie mehr bei mir gemeldet hat. Und dann haben wir uns ganz normal unterhalten – fast so wie früher."

Borowka sah ihn auffordernd an: „Ja ... und weiter?"

Fredi lächelte verschämt: „Die hat mich gefragt, ob ich mit die ein Eis essen gehen würde. Für mal über alles zu reden."

Borowka schlug mit der flachen Hand auf den Tisch. „Alter Falter. Und damit kommst du jetzt erst raus? Dadrauf müssen wir aber noch einen trinken. Mir ist sowieso schon ganz langweilig im Mund."

Fredi sah sich verlegen um. Er wollte um jeden Preis Aufsehen vermeiden. Er beugte sich hinüber zu Borowka. „Alles zu seine Zeit. Ich will das jetzt erst mal ganz in Ruhe wieder angehen. Außerdem glaube ich, dass du genug getrunken hast.

Soll ich dich nicht besser nach Hause fahren?"

„Mit deine Sardinien-Büchse? Nee, danke."

Doch Fredi ließ nicht locker: „Komm, Borowka. Du solltest jetzt besser nach Hause gehen. Sonst findest du nachher wieder nicht deine Wohnungstür und klingelst der Hastenraths Will aus dem Bett."

Wie aufs Stichwort erschien plötzlich ein gut aufgelegter Hastenraths Will und klopfte dreimal auf die Tischplatte. „So, meine Herren, ich mach mich mal auf. Morgen früh ist die Nacht zu Ende." Er lachte laut.

Fredi nickte. „Wir wollten auch gerade gehen. Das war alles in allem schon ein sehr anstrengender Tag."

Will schlug Fredi anerkennend auf die Schulter. „Das kann man wohl sagen. Du bist ein guter Junge, Fredi. Und ich glaube, die Martina weiß das auch." Er zwinkerte ihm zu, worauf Fredi leicht errötete. Dann drehte Will sich um und rief Harry Aretz zu: „Harry, ich bin jetzt weg. Aber mach auf mein Deckel noch mal eine Lokalrunde für alle." Dieser Satz löste heftigen Jubel im Thekenbereich aus, der in stakkatoartiges Klatschen überging. Während Harry Aretz rief: „Ihr habt's gehört. Die letzte Runde geht auf Inspektor Hastenrath", verließ Will winkend und händeschüttelnd die Kneipe.

Maurice kam mit einem Tablett voller Biergläser zu Fredi und Borowka an den Tisch. Borowka nahm sich hastig zwei herunter, die dabei leicht überschwappten und verneigte sich spaßhaft: „Firma dankt, Morris." Maurice nickte freundlich und ging weiter zu einem Tisch am anderen Ende der Gaststätte, wo ein ausgelassener und stark angetrunkener Heribert Oellers gerade versuchte, seinen beiden Schwarzarbeitern Hermann und Frantisek das Skatspielen beizubringen. Borowka stieß ein letztes Mal mit Fredi an. Dann leerte er sein Glas in einem Zug. Er stand auf, klopfte dreimal auf den Tisch und sagte: „Fredi. Man sieht sich." Dann verließ er gefährlich schwankend die Kneipe, während er mit etwas Mühe den Autoschlüssel aus seiner engen Hosentasche fummelte.

Fredi blieb noch einen Moment sitzen und schwenkte sein Bierglas versonnen wie einen Weinkelch hin und her. Und plötzlich umspielte Fredis Mundwinkel ein süffisantes Lächeln, das langsam zu einem breiten Grinsen wurde. Es war das erste Mal seit ziemlich genau 27 Monaten, 16 Tagen und 22 Stunden.

24

Donnerstag, 15. Mai, 0.27 Uhr

Er hatte Hastenraths Will den ganzen Abend nicht aus den Augen gelassen. Zuerst bei der Pressekonferenz, wo der Landwirt zwischen seinen Marionetten Josef Jackels und Richard Borowka thronte und sich feiern ließ. Und auch jetzt nicht in der Kneipe, wo er wie ein gedopter Gockel von Tisch zu Tisch lief und damit prahlte, mit welch genialen Tricks er dem Täter auf die Schliche gekommen war. Aber so war dieser aufgeplusterte Bauer halt. Selbstherrlich, eitel und egoistisch. Im Grunde ein Abziehbild seines großen Vorbilds Gerhard Geiser. Kein Wunder, dass dieser ihm die wertvolle Kette gegeben hatte. Ein bisschen ärgerte er sich, dass er nicht früher darauf gekommen war. Jetzt beobachtete er, wie Hastenraths Will hinüberging an den Tisch in der Ecke, an dem diese beiden tumben Fußballtrottel Fredi und Borowka saßen und sich angeregt unterhielten. Will klopfte dreimal auf den Tisch, sagte etwas und lachte dann laut. Nach einem kurzen Geplänkel drehte er sich zur Theke und bestellte in seiner gönnerhaften Art eine Lokalrunde für alle. Kaiser Will, der Große. Und als ob das nicht schon genug Beweihräucherung wäre, stieg Harry Aretz auch noch darauf ein und rief: „Letzte Runde auf

Inspektor Hastenrath". Unter tosendem Beifall verließ Will feixend die Kneipe. Na warte, dir wird das Lachen noch vergehen. Der Mann, den sie Pluto nannten, betastete den schweren Holzknüppel, den er an seinem Hosenbund spürte. Seine sonst so ernste Miene hellte sich auf. „Letzte Runde *für* Inspektor Hastenrath", dachte er spöttisch.

25

Donnerstag, 15. Mai, 0.42 Uhr

Mit dem Lied „Hoch auf dem gelben Wagen“ auf den Lippen und beseelt vom gelungenen Abend betrat Will den Flur seines Hauses und ließ die Tür geschmeidig hinter sich ins Schloss fallen. Als er seinen Bundeswehrparka an der Garderobe aufhängte, fiel sein Blick auf das zerbrochene Telefon, das säuberlich zusammengekehrt auf seinem angestammten Konsolenplatz lag. Dann erst vernahm er das leise Schluchzen aus der Küche, dem er folgte. Er fand seine Frau Marlene vor, die wie ein Häufchen Elend mit verweinten Augen vor einem großen, dunklen Klotz saß, der auf einem geblümten Teller lag.

„Hallo Will“, schniefte sie, „heute ist irgendswie alles schiefgelaufen. Erst ist das Telefon kaputtgegangen und dann habe ich der Marmorkuchen hart werden lassen, dem ich extra für dich gebacken hatte.“

Will war gerührt. Da es ihm jedoch nicht gegeben war, Gefühle zu zeigen, versuchte er, Marlene auf seine Art zu trösten. Er machte eine wegwerfende Handbewegung und sagte: „Jetzt reg dich doch nicht auf, Marlene. Ein Marmorkuchen muss hart sein, sonst würde der ja nicht Marmorkuchen heißen.“ Als Marlene nicht in sein lautes Lachen mit einfiel, sondern ganz im Gegenteil noch mehr in sich zusammensackte, wurde es Will mulmig zumute. Unbeholfen ging er einen Schritt auf seine Frau zu und klopfte ihr zweimal unentschlossen auf den Rücken, was aber eher den Schlägen ähnelte, die er seinen Kühen beim Weidenabtrieb verpasste. Stammelnd suchte er nach Worten: „Marlene, jetzt ... also ... ich find das toll, wie du ... also, im Prinzip, ich freu mich. Das ist ...“ Als Marlene mit tränenverschleiertem Blick zu ihm aufsah, wusste er nicht mehr weiter. Er rettete sich, wie er sich meist aus solchen Situationen rettete. Er schnappte sich die Tageszeitung vom Küchenbord und sagte: „Ich geh mal eben nach Klo. Wir reden dann nachher weiter.“

Ohne eine Reaktion abzuwarten, verschwand er schnell im Nebenraum, der ihn zu seiner kleinen, verschwiegenen Toilette neben dem Milchsammeltank führte. Er schaltete das Licht an, schlüpfte hinein und schloss die massive Holztür hinter sich. Als er sie mit dem großen Schlüssel versperrt hatte, lehnte er sich mit dem Rücken dagegen. Erst jetzt fühlte er sich wieder sicher und geborgen. Er atmete tief durch. Sein Blick wanderte hoch zum Spülkasten, der knapp unter der niedrigen Decke auf einem Rohr thronte. Dann stieg er mit seinen Gummistiefeln auf den geschlossenen Toilettendeckel und streckte sich, um seitlich in den oben offenen Spülkasten greifen zu können. Mit einiger Mühe förderte er dabei einen länglichen Holzkasten mit einem goldenen Klappscharnier zutage, der auf einem Zwischenbrett lag, das Will vor Jahren dort eingelassen hatte. Ursprünglich, um dort seinen Zigarrenvorrat vor Marlene zu verstecken. Mittlerweile diente es aber nur noch als Aufbewahrungsort für die mit Schnitzereien verzierte Holzkiste, die er jetzt in seinen Händen hielt. Er stieg wieder ab vom Toilettendeckel, kniete sich und öffnete den vor ihm auf dem Boden liegenden Holzkasten. Darin lag die funkelnde Ehren-Bürgermeisterkette, die für den ganzen Aufruhr der letzten zwei Wochen verantwortlich war. Zu Recht ein Objekt der Begierde, wie Will fand. Die Kette war in mühevoller Handarbeit von einem bekannten holländischen Künstler gefertigt worden. Über acht Monate hatte dieser dafür gebraucht. Die aneinandergefügten Glieder entsprachen in der vertikal zu den Schultern des Trägers aufsteigenden Kettenform genau der Statur von Gerhard Geiser, der sogar einmal höchstpersönlich zur Vermessung nach Rotterdam reisen musste. Durch die vielen, verdeckt eingebauten Scharniere hatte die Kette eine perfekte Passform und Beweglichkeit erhalten. Die Kette bestand aus acht unterschiedlichen Silberlegierungen und, auf Höhe des Saffelener Dorfwappens, aus drei verschiedenen Rotgoldlegierungen. Die Initialen „GG“ waren mit kleinen Juwelen eingelassen. Die Kette war aus massivem Gold und Silber und über achthundert Einzelteilen handgefertigt. Dennoch wog sie nur angenehme drei Kilo. Allein der materielle Wert belief sich auf über 25.000 Euro. Will hielt das teure Stück fasziniert in seinen schwieligen Händen. Vorsichtig legte er die Kette zurück in den Holzkasten und versprach Gerhard Geiser mit einem verklärten Blick gen Himmel, dass er immer gut darauf Acht geben würde. Dann verstaute er die Kiste wieder sicher im Spülkasten und stieg vom Toilettendeckel herunter, den er nun hochklappte, um es sich auf der Brille bequem zu machen. Zufrieden mit sich und seinem Erfolg nahm er die mitgebrachte Tageszeitung und begann mit der Mitternachtslektüre.

26

Donnerstag, 15. Mai, 1.28 Uhr

Marlene hatte sich wieder ein wenig beruhigt. Nachdem Will sich auf seinen Platz des himmlischen Friedens zurückgezogen hatte, war sie ins Wohnzimmer gegangen, um den Fernseher einzuschalten. Zum Glück lief dort die Wiederholung einer der vielen Rosamunde-Pilcher-Verfilmungen, die sie so sehr liebte. Und auch diesmal war es eine anrührende Geschichte um ein junges, bitterarmes Mädchen, das seine Eltern nicht kannte und mit einem bösen Gutsbesitzer zwangsverheiratet werden sollte. Kurz vor der Hochzeit lernt sie jedoch einen edlen, gut aussehenden Mann kennen, der gerade seine Frau bei einem tragischen Jagdunfall verloren hat. Sie verlieben sich ineinander, aber der böse Gutsbesitzer kommt dahinter. Obwohl Marlene atemlos mitfieberte, tröstete sie der Gedanke, dass es auf dieser Welt schlimmere Unglücke gab als ein kaputtes Telefon und einen harten Marmorkuchen. Gerade als der Gutsbesitzer den jungen Mann in einen Hinterhalt locken wollte, klingelte es an der Haustür. Marlene sah überrascht zur Wanduhr, die über dem Fernseher hing. Wer soll denn das sein um diese Zeit, dachte sie. Sie stand nur zögerlich auf, weil gerade jetzt der Gutsbesitzer mit dem jungen Mann in ein einsames Moorgebiet ritt und dabei heimlich sein Jagdgewehr durchlud. Es klingelte ein zweites Mal.

Sie hörte von weit her die durch die Toilettentür gedämpfte Stimme ihres Mannes: „Marlene, geh mal nach die Tür und sag der Borowka, wenn der noch einmal nachts hier klingelt, dann ziehe ich bei dem zu Hause mal die Möbel gerade. Der hat sie ja wohl nicht alle."

Schweren Herzens riss sich Marlene vom Fernseher los, ging zur Tür und öffnete. Da sie mit einem Ohr noch dem Fernsehdialog lauschte, nahm sie die große Gestalt mit der schwarzen Sturmhaube zunächst nur aus dem Augenwinkel wahr. Noch bevor sie reagieren konnte, traf sie ein harter Schlag an der linken Schulter. Sie verlor das Gleichgewicht, taumelte rückwärts und suchte verzweifelt irgendwo Halt. Im Fallen hielt sie sich an Wills aufgehängtem Parka fest und riss mit einem lauten Poltern die Garderobe aus der Verankerung. Dann schlug sie hart mit dem Kopf auf den Steinboden. Sie spürte, wie sich ein dumpfer Schmerz in ihrem Schädel ausbreitete. Das Letzte, was sie wahrnahm, war, wie die langsam vor ihrem Auge verschwimmende Gestalt lautlos wie ein Geist an ihr vorbeiglitt. Dann tauchte sie in ein helles Sternenmeer und es umfing sie eine friedliche Stille.

Um der unangenehmen, emotionalen Situation mit Marlene zu entgehen, hatte Will den Sportteil zweimal gelesen, in der Hoffnung, sie würde zwischenzeitlich zu Bett gehen. Nun legte er die Zeitung zur Seite. Nachdem es zum zweiten Mal an der Tür geklingelt hatte, hatte er nur noch ein lautes Rumpeln und Scheppern gehört. Danach war eine fast schon unheimliche Ruhe eingekehrt.

„Marlene?“, rief er.

Doch er erhielt keine Antwort. Angestrengt horchte er in die Stille.

„Marlene? Bist du das? Sag doch was.“ Nichts. Es war so gespenstisch ruhig wie auf einem Friedhof. Nur die Milchkühlanlage brummte monoton vor sich hin.

Dann Schritte. Ein kurzes Knacken – und Will betrachtete mit angehaltenem Atem die Türklinke, die sich wie von Geisterhand ganz langsam nach unten bewegte. Sein Puls beschleunigte sich.

„Wer ist da?“, entfuhr es ihm, doch seine Stimme war brüchig und er musste kurz husten.

Ein leises Fluchen deutete darauf hin, dass der Unbekannte festgestellt hatte, dass die Tür verschlossen war. Eine Sekunde später erlosch die Glühbirne und Will fand sich in tiefer Dunkelheit wieder. Dieser verdammte Lichtschalter, dachte er. Er bemühte sich, die in ihm aufsteigende Panik zu unterdrücken, indem er einen möglichst sonoren Tonfall anschlug: „Hören Sie. Wer auch immer Sie sind. Sie werden hier nichts finden. Ich bin ein armer Landwirt.“

Der Unbekannte stemmte sich gegen die Tür, aber die war zu massiv, um sie einfach so aufzudrücken. Dann sprach der Unbekannte plötzlich: „Wilhelm Hastenrath. Du hast etwas, das ich suche.“

Will erschrak. Woher kannte der Mann seinen Namen? Wer war das? Er musste ihn im Gespräch halten, um die Stimme zu erkennen. „Und was soll das sein?“

„Die Bürgermeisterkette.“

Komm, konzentrier dich auf die Stimme, sagte sich Will.

Doch die unheilvolle Dunkelheit, die ihn wie eine Zwangsjacke umschloss, machte es ihm nicht leicht, seine Gedanken nur auf die fremde Stimme zu lenken.

„Welche Bürgermeisterkette?", war das einzige, was ihm als Antwort einfiel.

Nun wurde der Mann wütend: „Verarsch mich nicht. Wenn du die Tür nicht sofort aufmachst, werde ich sie eintreten."

Will wusste, dass er diese Stimme schon einmal gehört hatte. Aber wann und wo?

„Ich zähl bis drei", drang es durch die Tür – und in diesem Augenblick erkannte Will die Stimme. Er konnte es kaum glauben und musste schwer schlucken. Sein Adamsapfel tanzte auf und ab.

„Ich weiß, wer du bist. Du bist ... Morris!"

Der Mann wurde wütend und brüllte: „Ich heiße nicht Morris. Ich habe nie Morris geheißen. Ich heiße Maurice. Maurice Aretz. Und ich bin stolz darauf." Jetzt war er so in Rage, dass er mit aller Wucht gegen die Tür trat. Will spürte die heftige Vibration. Aber die Tür hielt.

„Mach die verdammte Scheißtür auf." Ein zweiter Tritt erschütterte die Tür.

Will tastete im Dunkeln nach einem Gegenstand, den er als Waffe benutzen konnte, falls es zum Kampf käme. Aber das Einzige, was er zu fassen bekam, war die Klobürste, die neben einem Turm aus aufeinandergestapelten Klorollen in einer Wandhalterung steckte. Er packte sie. Dabei fielen zwei Klorollen zu Boden und entrollten sich im Raum. Will umklammerte die Klobürste wie ein Samuraischwert. Er wusste, er musste versuchen, den wütenden Maurice zu beruhigen.

„Hör zu, Junge. Was ist los mit dir? Warum machst du das?"

„Warum ich das mache?", Maurice schien sich wieder unter Kontrolle zu haben. „Das kann ich dir sagen. Die Bürgermeisterkette steht mir zu. Mir allein."

„Unsinn", ereiferte sich Will ungeachtet seiner prekären Lage, „die Kette ist das ehrenvolle Andenken an Gerhard Geiser, einen der größten Saffelener, der je gelebt hat."

Maurice lachte verächtlich auf.

„Okay, Will. Ich habe zwar nicht viel Zeit, aber ich werde dir mal was erzählen über den größten Saffelener, der je gelebt hat. Sagt dir der 14. Juni 1985 etwas?"

„Ja natürlich. Das war ein großartiger Tag. Damals wurde Gerhard Geiser der Schützenkaiser von Saffelen. Das ist ein ganz historischer Tag. Ein Tag, den kein Saffelener je vergessen wird." Trotz der brenzligen Situation, in der er sich befand, löste die Erinnerung an diesen prunkvollen Tag ein Wohlgefühl in Will aus, das sogar in eine leichte Gänsehaut mündete.

„Ganz genau", sagte Maurice, „und allen voran meine Mutter wird diesen Tag niemals vergessen. Denn an diesem historischen Tag ist noch etwas anderes passiert. Da bin ich nämlich gezeugt worden. Und zwar im staubigen Kartoffelkeller der Gaststätte Harry Aretz. Gegen den Willen meiner Mutter. Und jetzt rate mal, von wem? Von einem gewissen Gerhard Geiser. Während seine ahnungslose Frau oben in der Kneipe Komplimente entgegennahm für ihr Festkleid."

Will war gleichermaßen fassungslos und empört.

„Junge, was redest du denn da?"

„Du hast schon richtig gehört. Ich bin der uneheliche Sohn von Gerhard Geiser."

Will wollte sich angesichts dieser ungeheuerlichen Anschuldigungen die Ohren zuhalten, doch er hörte mit offenem Mund weiter zu.

„Gerhard Geiser hat von meiner Mutter verlangt, dass sie mich abtreibt. Aber meine Mutter brachte mich zur Welt. Vor den Behörden verschwieg sie den Namen des Vaters und erfand diesen Quatsch mit dem Dachdecker aus Krefeld. Irgendwann aber war der Druck und der Psychoterror, den Gerhard Geiser auf sie ausübte, zu groß und sie verschwand über Nacht aus Saffelen. Da sie kein Geld hatte, ließ sie mich schweren Herzens bei meinem Onkel, Harry Aretz, zurück. Sie hat das alles nie überwunden und befindet sich jetzt schon seit über zwanzig Jahren in psychologischer Betreuung in Norddeutschland."

„Mein Gott. Und du hast das all die Jahre gewusst?" Will wischte sich den Schweiß von der Stirn. Er war noch immer wie vor den Kopf gestoßen.

„Nein. Ich kannte nur die Version, die ihr alle kennt. Vor drei Wochen aber hat meine Mutter einen Selbstmordversuch unternommen. Daraufhin hat mich ihr Hausarzt angerufen und mir die ganze Geschichte erzählt. Er wollte nicht mehr länger schweigen."

„Und dann – wurdest du zu Pluto?"

„Pluto – was für ein bescheuerter Name! Noch schlimmer als Morris."

Will hatte gar nicht richtig zugehört. Er versuchte, seine Gedanken zu sortieren. „Und wir dachten alle, dieser Sascha wäre Pluto. Immerhin wollte der ja bei Hans Wimmers einbrechen."

„Purer Zufall. Aber das war schon lustig. Ich hatte ebenfalls vor, an diesem Abend bei den Wimmers einzubrechen, weil ich die Kette da vermutet habe. Aber als ich ankam, war schon alles voller Polizei und Krankenwagen. Na ja, zum Glück hast du mich heute dank deiner Geschwätzigkeit zum Ziel geführt. Und jetzt hol ich mir die Kette."

Erneut trat Maurice mit voller Wucht gegen die Tür. Diesmal gab sie nach, Holz splitterte. Doch noch hielt das Schloss. Will schlotterte vor Angst.

„Sag mal, Junge, ist es das denn alles wert? Die ganze Gewalt wegen eine blöde Kette. Der arme Eidams Theo, dem hättest du ja fast totgeschlagen."

„Blödsinn", ereiferte Maurice sich, „gar nichts habe ich. Der kam stinkbesoffen nach Hause, als ich gerade meine Suche in der Küche beendet hatte. Der Idiot sieht mich und rennt in voller Panik gegen den Kühlschrank. Und dann ist dem die Küchenmaschine auf den Kopf gefallen, die oben drauf stand. Ich habe die Maschine schnell wieder zurückgestellt und bin abgehauen. Und jetzt mach endlich auf."

Ein weiterer Tritt erschütterte die Tür.

„Weiß Harry davon?", presste Will panisch hervor. Maurice hielt plötzlich inne.

„Onkel Harry ... nein ... natürlich nicht. Und er soll es auch nicht erfahren. Er hat genug gelitten. Ich will nur die Kette als Wiedergutmachung und dann werde ich für immer aus Saffelen verschwinden und versuchen, mit meiner Mutter ein neues Leben aufzubauen ... irgendwo ... wo uns keiner kennt und wir noch mal ganz von vorne anfangen können."

Plötzlich kehrte Stille ein. Will ließ die Klobürste langsam zu Boden sinken und tastete sich bis zur Tür vor. Er legte ein Ohr dagegen und war sich sicher, auf der anderen Seite ein leises Schluchzen zu hören. Dann ein Geräusch, das klang, als ob sich jemand an der gekachelten Wand heruntergleiten ließ. Will sah seine Chance gekommen, Maurice mit dem angemessenen Feingefühl zur Aufgabe zu bewegen. Kein Problem für ihn, schließlich war er als Ortsvorsteher mit diplomatischen Verhandlungen vertraut. Er wog seine Worte genau ab, bevor er zu sprechen begann.

„Hör mal zu, Junge. Ich kann mir vorstellen, wie du dich fühlst. Aber denk doch mal an dein Onkel Harry. Der war doch immer wie ein Vater zu dir. Der liebt dich. Wenn du jetzt einfach verschwindest, wirst du ihm das Herz brechen. Und du weißt doch, wie sich das anfühlt, oder?“ Das Schluchzen vor der Tür wurde stärker. Will beeilte sich, weiterzusprechen, denn er spürte, dass er einen guten Lauf hatte: „Wir alle haben dich sehr gern. Und du darfst eins nicht vergessen: Die Kette kann nichts dafür, Morris.“

Beim letzten Wort sprang Maurice wie von der Tarantel gestochen auf und trommelte in unbändiger Wut mit beiden Fäusten gegen die Tür. Der Druck ließ Will zurückweichen.

„Ich heiße nicht Morris“, brüllte er. Ein weiterer Tritt, viel kräftiger als die vorherigen, erschütterte die Tür. Es krachte und das Schloss gab langsam nach.

Will zitterte. Er hatte wohl irgendetwas Falsches gesagt. Er hörte, wie Maurice Anlauf nahm und ihm war klar, dass der letzte Tritt die Tür endgültig aus den Angeln heben würde. Voller Furcht schloss er die Augen, obwohl es wegen der Dunkelheit eigentlich gar nicht nötig gewesen wäre. Sekunden später krachte es und irgendetwas fiel schwer zu Boden. Will öffnete die Augen. Doch er spürte keinen Schmerz. Im Gegenteil, er stellte fest, dass er immer noch alleine in seinem Raum war. Dann hörte er die Stimme seiner Frau. „Will, mach auf."

Hastig entriegelte Will die Tür und schob sie auf. Vor ihm stand Marlene mit einer beträchtlichen Beule über dem rechten Auge und einer leicht blutenden Platzwunde, gegen die sie sich ein Spültuch presste. Auf dem Boden lag Maurice in seltsam gekrümmter Haltung. Neben seinem Kopf lag, in viele kleine Stücke zerfallen – der Marmorkuchen.

Epilog

Donnerstag, 15. Mai, 10.18 Uhr

Kommissar Kleinheinz durchschritt mit wachem Blick die Küche und nahm auf der Eckbank neben dem Ehepaar Hastenrath Platz. Will sah aus wie immer, nur Marlene trug zu ihrem üblichen geblümten Arbeitskittel einen Kopfverband, der wie ein Turban auf ihrer plattgedrückten Dauerwelle saß. Die Platzwunde, die sie sich bei ihrem Sturz zugezogen hatte, war noch in der Nacht mit sechs Stichen genäht worden. Das rechte Auge leuchtete in verschiedenen Violetttönen. Der Kommissar musterte mit neutralem Gesichtsausdruck das Fliegenklebeband, das von der Decke baumelte. Dann steckte er seinen Notizblock und einen Kugelschreiber in die Innentasche seiner schicken, schwarzen Lederjacke. Überhaupt machte er einen modisch sehr aufgeräumten Eindruck. Er sah sowieso ganz anders aus, als Will ihn sich früher immer am Telefon vorgestellt hatte. Statt einer Uniform trug Kleinheinz eine Jeanshose und Turnschuhe und unter seiner Lederjacke ein weißes T-Shirt, das seinen durchtrainierten Oberkörper umspannte, als hätte man ihn mit einem Tannenbaumtrichter hineingeschossen. Auf dem T-Shirt prangte in schnörkeliger Schrift ein Name, den Will nicht richtig entziffern konnte:

Tommy Helfinger oder so ähnlich. Muss wohl ein Bekannter von ihm sein, dachte Will. Kleinheinz strich sich beiläufig mit der Hand durchs Haar, das zwar trotz seiner gerade mal 40 Jahre schon grau wurde, ihm aber nichts von seiner charismatischen Ausstrahlung nahm. Ganz im Gegenteil.

„Zunächst einmal“, begann er mit tiefer Stimme und einem Timbre, das Marlene einen wohligen Schauer über den Rücken jagte, „darf ich Ihnen mein größtes Lob aussprechen für Ihren couragierten Einsatz. Ohne Sie hätten wir den Täter nicht so schnell festnehmen können.“

„Das ist doch eine Selbstverständlichkeit, Herr Wachtmeister“, sagte Will.

„Polizeihauptkommissar“, zischte Kleinheinz und sah ihn scharf an. Will nickte eingeschüchtert.

Der Beamte wandte sich an Marlene: „Vor allem Ihnen möchte ich danken, Frau Hastenrath. Wie Sie trotz Ihrer Verletzung den Täter niedergeschlagen haben – Chapeau.“

Marlene wusste zwar nicht, was das hieß, da es sich aber möglicherweise um ein verstecktes Kompliment handelte, lächelte sie verschämt. „Ja. Aber denken Sie bitte nicht, ich würde immer der Marmorkuchen anbrennen lassen.“

Kleinheinz schüttelte gütig den Kopf. „Natürlich nicht, Frau Hastenrath.“

„Nur gut, dass ich der Pluto so lange psychologisch in Schach gehalten habe, bis meine Frau wieder zu sich gekommen war. Oder, Herr Kriminalhauptmeister?“

Kleinheinz musterte Will kurz und wendete sich dann wieder Marlene Hastenrath zu. „Frau Hastenrath. Wir brauchen Menschen mit Zivilcourage, wie Sie jemand sind. Mir ist ja selbst bewusst, dass Sie es hier in Saffelen mit einer schwierigen Situation zu tun haben. Die Einsatzkräfte brauchen immer sehr lange, bis sie vor Ort sind. Nachdem Sie den Täter vergangene Nacht außer Gefecht gesetzt hatten, hat ja der erste Streifenwagen auch gut 35 Minuten gebraucht, bis er hier war."

In diesem Moment betrat ein junger Mann im Blaumann die Küche. Sein zauseliges Haar wirkte, als sei er erst wenige Minuten zuvor aufgestanden. In der Hand hielt er eine kleine Werkzeugkiste, aus der ungeordnet Schraubenzieher und Kabel herausragten. „So, Will, ich mach mal den Dachs. Euer Telefon läuft wieder. Wegen das Geld komme ich die Tage vorbei. Du brauchst keine Rechnung, oder?"

Kommissar Kleinheinz zog eine Augenbraue hoch. Will stand auf und beeilte sich, den Handwerker zu verabschieden. Er gab ihm die Hand und schob ihn gleichzeitig zur Tür hinaus. „Danke, Hans-Gerd. Wir regeln das die Tage." Dann kam er zurück an den Tisch und fragte während des Hinsetzens mit seriösem Tonfall: „Wo waren wir stehen geblieben, Herr Oberkommissar?"

„Hauptkommissar. Na ja, im Prinzip war's das. Unsere Jungs von der Spurensicherung haben alles aufgenommen. Es kann sein, dass wir in den nächsten Tagen noch mal mit ein paar Fragen auf Sie zukommen, aber im Großen und Ganzen kann man den Fall als geklärt betrachten. Der Täter war ja in vollem Umfang geständig."

„Was erwartet den Morris denn jetzt, Herr Hauptkommissar?", fragte Marlene mit unverkennbarer Besorgnis in der Stimme.

Kleinheinz rieb sich das Kinn. „Das muss natürlich der Richter entscheiden. Schwerer Diebstahl ist allerdings nicht ohne."

„Aber der Morris hat doch gar nichts gestohlen."

Kleinheinz legte die Stirn in Falten. „Im Prinzip nicht, Frau Hastenrath. Aber versuchter Diebstahl wird strafrechtlich genauso wie ein vollzogener Diebstahl behandelt. Es handelte sich ja in allen Fällen um fehlgeschlagene Versuche, weil er nicht gefunden hatte, wonach er suchte. Insofern kann man hier nicht von einem strafbefreienden Rücktritt vom Diebstahl sprechen. Außerdem kommen ja noch mehr Delikte dazu wie gefährliche Körperverletzung oder Nötigung. Und mit seinen 22 Jahren wird er nicht mehr nach dem Jugendstrafrecht verurteilt. Da er aber geständig und nicht vorbestraft ist, könnte er vielleicht mit einem Jahr davonkommen und bei guter Führung nach ein paar Monaten wieder auf freiem Fuß sein."

„Der arme Harry", grummelte Will. Doch in Wirklichkeit wanderten seine Gedanken in diesem Moment zu Gerhard Geiser, dem großen, alten Mann der Saffelener Dorfgemeinschaft, der für ihn immer das leuchtende Vorbild gewesen war. Die Hochachtung und der grenzenlose Respekt, den er diesem Mann zeitlebens und auch noch nach dessen Tod entgegengebracht hatte, war in dieser Nacht binnen weniger Sekunden zu Staub zerfallen. Er verstand nicht, wie Gerhard all die Jahre mit dieser zentnerschweren Lüge hatte leben können. Peter Haselheim hatte einmal auf einer Ortsausschusssitzung, bei der es in einer hitzigen Debatte um die Verwendung von staatlichen Fördergeldern ging, einen Philosophen namens Plankton oder so ähnlich zitiert. Damals hatte Will die Bedeutung des Zitats nicht verstanden und sich durch den anmaßenden Ton des Lehrers provoziert gefühlt. Jetzt, im Nachhinein, tat es ihm leid, dass er Haselheim deswegen gegen einen Türrahmen geschubst und damit ein Handgemenge ausgelöst hatte, denn plötzlich sah er dieses Zitat in einem ganz anderen Licht. Haselheim hatte damals gesagt: „Die Unwahrheit liegt oft nicht in dem, was man sagt, sondern in dem, was man nicht sagt." Und in dieser Nacht hatte Will verstanden. Inmitten des Trubels aus Polizeibeamten, Notärzten und Blaulicht, inmitten dieses unwirklichen Gemischs aus Stimmengewirr und Sirenengeheul hatte er einen Entschluss gefasst. Gleich am nächsten Tag würde er zum Goldschmied fahren, die Bürgermeisterkette verkaufen und das Geld an den Hausarzt von Hiltrud Aretz überweisen mit der Bitte, es ihr als anonyme Zuwendung zukommen zu lassen. Er wusste, dass er damit keine zerbrochene Seele reparieren konnte, aber er würde sich wenigstens ein kleines bisschen besser fühlen.

Will wurde aus seinen Gedanken gerissen, als Marlene etwas unbeholfen vom Tisch aufstand und sagte: „Vielen Dank für alles, Herr Hauptkommissar. Ich muss jetzt mal eben rüber nach Billa gehen. Es gibt viel zu erzählen."

Kleinheinz winkte freundlich hinterher und erhob sich ebenfalls. „Na ja, ich denke, ich werde mich dann auch mal aufmachen, Herr Hastenrath. Vielen Dank für Ihre ermittlungstechnische Unterstützung, auch wenn Sie sich mit Ihrer voreiligen Pressekonferenz letztlich selbst in Gefahr gebracht haben."

Auch Will erhob sich und begleitete Kleinheinz zur Tür. „Ich weiß, Herr Wachtmeister, aber auf die Weise konnten wir wenigstens der richtige Täter überführen."

Gemeinsam traten sie vor die Haustür und wurden von einer strahlenden Morgensonne empfangen. Die Maiglöckchen blühten in voller Pracht und es versprach ein herrlicher Tag zu werden. Hupend ruckelte in gemächlichem Tempo ein hellblauer

Fiat Panda vorbei. Aus dem heruntergekurbelten Fenster winkte Fredi Jaspers herüber, der trotz seiner überdimensionalen Gipsschale übers ganze Gesicht strahlte. Vom Beifahrersitz grüßte eine ebenfalls gut gelaunte Martina Wimmers.

Fredi rief: „Wir fahren mal nach neue Gebrauchtwagen gucken."

Will winkte lachend zurück. Er musste lange überlegen, wann er Fredi das letzte Mal so fröhlich erlebt hatte. Plötzlich fiel Will etwas ein.

„Ach, eine Frage noch, Herr Kleinheinz. Warum hat eigentlich dieser Sascha versucht, bei Hans Wimmers einzubrechen?"

„Ach ja, richtig", Kleinheinz zog sein Notizbuch wieder aus seiner Innentasche heraus und blätterte darin. Währenddessen sprach er weiter: „Sascha Schnitzler konnte heute Morgen von den Kollegen vernommen werden. Wie Sie ja schon wissen, ist seine Schlosserei insolvent und ihm droht eine Klage wegen Insolvenzverschleppung. In seiner akuten Geldnot hat er sich an Martina Wimmers herangemacht, da er offensichtlich wusste, dass Hans Wimmers oft große Mengen Bargeld zu Hause aufbewahrte. Bei mehreren Besuchen im Haus der Wimmers hatte er es bereits heimlich durchsucht. Doch erst vor ein paar Tagen hatte Martina ihm verraten, wo der Tresor versteckt ist und in ihrer Naivität – oder nennen wir es blinde Verliebtheit – hatte sie ihm sogar gesagt, dass ihr Geburtsdatum die Kombination ist. In der Nacht, als er gefasst wurde, wollte er schlicht und einfach den Tresor leeren. Er wird natürlich jetzt angeklagt wegen versuchten Einbruchs."

„Dann hat er gar nicht nach der Bürgermeisterkette gesucht?"

„Nein. Davon wusste er gar nichts. Es ging ihm nur um

Bargeld. Immerhin konnten wir Hans Wimmers jetzt dazu bewegen, eine Alarmanlage installieren zu lassen. Denn man sieht: Selbst in Saffelen ist man nicht sicher vor Verbrechen. In diesem Sinne: Machen Sie es gut, Herr Hastenrath." Der Kommissar schüttelte Will die Hand und schlenderte leise pfeifend zu seinem Dienstwagen, der am Straßenrand geparkt war.

Will atmete mit tiefen Zügen die frische Mailuft ein. Plötzlich klingelte das Telefon. Will ging zurück in den Flur und hob ab. Am anderen Ende vernahm er ein leises Rascheln, dann eine heisere Stimme: „Herr Hastenrath?"

„Ja?!"

„Haben die Kühe aufgehört zu schreien?"

Will erstarrte. „Warum fragen Sie?"

„Weil ich dann diese Woche nicht vorbeizukommen bräuchte. Ich liege nämlich mit Grippe im Bett."

„Kein Problem, Dr. Mauritz", Will nahm das gerahmte Bild von Gerhard Geiser, das über dem Telefon hing, von der Wand und legte es mit dem Glas nach unten auf die Kommode, „die Kühe haben aufgehört zu schreien."

Dank

Kristina für Dein furchtloses Durchkämpfen
durch die eigenwillige Grammatik,
für die vielen, wertvollen Anregungen
und nicht zuletzt fürs Mitdenken.

Wilfried für Deine stets gelassene
und engagierte Unterstützung bei
den verschiedensten Projekten und
Marion für den letzten Blick.

Lenka, Bärbel, Simon und Marius fürs
Rückenfreihalten.

Melanie und Bob für Eure Kreativität.

Marcus für Deine gute Laune und perfektes
Licht.

Claus für Deine außerordentliche Fähigkeit,
Druck zu machen.

Claudia für Dein Talent, alles in Topform
zu bringen.

Marita und Hans-Josef für Euer profundes
landwirtschaftliches Fachwissen.

Hildegard für Deine Liebe, Du fehlst mir.

Arnold und Ellen für Euren unerschütterlichen Glauben an mich.

Michel für Deine grenzenlose Unterstützung bei allem, was ich mache.

Agnes für Deinen guten Geist.

Christian für Dein Vertrauen.

Markus für Deine selbstlose Hilfe in allen Lagen.

Marc für Deine Freundschaft.

Alexandra, meiner Testleserin, Problemlöserin, Geheimwaffe und Inspiration, für alles.

Und Danke an alle, die ich vergessen habe und an die, die je zu meinen Auftritten und Lesungen gekommen sind und etwas Nettes zu mir gesagt haben - oder es zumindest vorhatten. Ohne Euch würde das alles keinen Spaß machen.

25km/h

2003 erschien „25 km/h“, der lang erwartete Nachfolger des regionalen Verkaufsschlagers „Irgendwo da draußen“. Wieder erzählt Christian Macharski herzerfrischende und kuriose Geschichten aus der rheinischen Provinz. In 99 sorgfältig ausgewählten Glossen analysiert der Autor herrlich respektlos die kleinen und großen Dinge des Lebens. Dabei geht es um so wichtige Themen wie fehlende Kanalanschlüsse, heimtückische Gänsemorde oder die UNO. Außerdem enthält dieses Buch eine mitreißende Fortsetzungsgeschichte über einen außergewöhnlichen Wohnwagenurlaub in Kroatien. Ein Lesegenuss auf höchstem Niveau.

160 Seiten
€ 11,00
ISBN 978-3-9807844-2-9

Erhältlich überall im Handel oder unter www.comedybedarf.de

Das Rurtal Trio zum Hören

Während Löschmeister Josef Jackels voller Elan eine einwöchige Bildungsfahrt der Pfarre Saffelen nach Rom vorbereitet, kümmert sich Hastenraths Will nach dem überraschenden Tod seiner 96jährigen Omma um die Organisation der perfekten Beerdigung. Richard Borowka plagt sich mit seiner Freundin Rita. Diese Probleme hat Neu-Single Fredi Jaspers nicht. Er ist bereits eingeschrieben für den VHS-Kurs „Flirt-Profi in 12 Doppelstunden".

Laufzeit 70 Min.
€ 9,90 (unverbindl. Preisempfehlung)
ISBN 3-7857-3017-9

Weihnachtszeit in unserem Lieblingsdorf Saffelen. Ein romantischer Traum aus Tannenduft, festlichem Lichterglanz und Rinder-Rouladen mit Kartoffelpürree und Soße. Es könnte alles so schön sein, wenn nicht das Nachbardorf Uetterath versuchen würde, dem Saffelener Weihnachtsmarkt den Garaus zu machen. Doch Hastenraths Will, Josef Jackels, Fredi Jaspers und Richard Borowka nehmen die Herausforderung an.

Laufzeit 78 Min.
€ 9,90 (unverbindl. Preisempfehlung)
ISBN 978-3-9807844-3-6